平安後宮占菓抄
恋より甘いものが欲しい占い師、求婚される

藤宮彩貴

富士見Ｌ文庫

目次

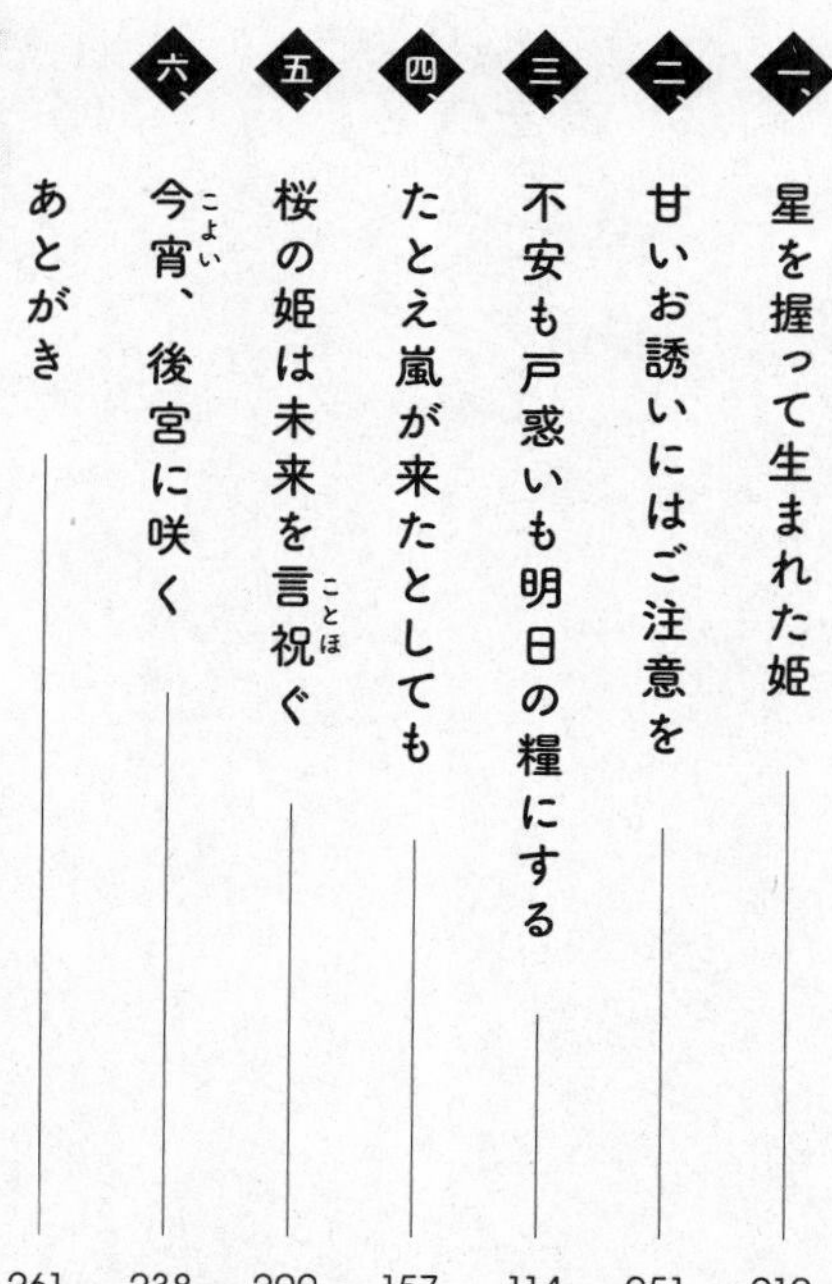

『橘（たちばな）の花の香りは昔を思い出させる』


今、目に映っているものはすべて、夢かもしれない。

なにもかもが初めてで、きらきら輝いていて眩（まぶ）しい。


――遡ること十年前。


七歳だった実瑚（みこ）は、本家の会合に参加していた。

花咲き揃（そろ）う初夏。甘い香りに包まれつつ、分家の娘でしかない実瑚と、とある親王さまとの婚約の儀が盛大に行われている。

可憐（かれん）な撫子襲（なでしこがさね）の色目装束を着せてもらっている。鮮やかな赤と裏地の薄紫が実瑚の愛らしさを引き出してくれていた。

小さな肩に衣の重みがのしかかっているけれど、布の肌触りがよく、色合いのうつくしさに幼いながら実瑚はときめいて、不安ながらも次第に気分は高まった。

　本家を救う星を握って生まれた実瑚は、今日の主役。

　願ってもない良縁に誰もが笑顔を見せつつ、場は華やいでいる。

　とはいえ、盛り上がっているのはおとなたちだけで、会合はまだ終わりそうにない。

　先ほどまでは父が隣にいてくれたので実瑚は頼りにしていたが、誰かに招かれて席を外してしまった。なかなか戻ってこない。

　父をいつまで待てばよいのだろう。実瑚は次第に背中を丸めて縮こまった。

　そんな実瑚の様子に気がついたらしい、もうひとりの主役が近づいてきた。

「どうぞ。砂糖です、食べてみてください」

　実瑚の目の前に、色鮮やかな粒が差し出された。赤、黄、青、紫、白。指の爪ほどの大きさをした塊。懐紙に包まれたそれらを、実瑚は初めて見た。思わず、背筋が伸びる。

「……さとう？」

「わたしたちは、石蜜（せきみつ）と呼んでいます。氷のように硬い砂糖の塊ですが、縁起物として相応（ふさわ）しいように色付けしました」

　石蜜は実瑚の手のひらの上で、ころころと愛らしく転がった。

「きれいね」

なかなか食べようとしない実瑚を見た高貴な御方は、それをひとつ手でつまむと実瑚の口の中に、ほうっと入れる。

ゆっくりと、舌の上で溶けてゆく感触。しかも、甘い。とても甘い。

「おい、しい……っ」

思わず叫び、実瑚は顔を上げた。

その御方……婚約者の親王さまが、やさしくほほ笑んでいた。

ほんの一瞬だけ見えた笑顔が眩しく、恥ずかしくてすぐに視線を逸らしてしまったが、五歳年上と聞いた親王さまは姿勢も良くて凛としていた。

着ている黒の袍からは良い香りが漂う。まるで、花が咲き誇っているかのように。

砂糖にも驚いたものの、自分はいずれこの人と結ばれるのかという気持ちに包まれて焦った。嬉しいような、照れてしまうような。

「明るい顔をして笑う姫ですね。では、もうひとついかがでしょうか」

もうひとつどころか、何個でも欲しくなった実瑚は、勢い余って石蜜を持つ貴人の指にまでがぶりと喰いついていた。

「ご、ごめんなさい！　痛かった？」

大失態だった。くれぐれも丁寧にと、本家のおじいさまに諭されていた。がっかりされたり、嫌われたりしたらどうしよう。

一応は貴族の血をひく姫君なのに、実瑚は野山を駆け回ってばかりいる。

本日、実瑚が本家・土御門(つちみかど)家の養女となって親王さまと縁を結び、家を支える娘になると正式に決まったらしいものの、幼い実瑚にはなんの用意もできていない。

「大事ありませんよ。これが気に入ったのですね」

「は、はい！　おいしいです。初めて食べました」

実瑚の失敗にも穏やかな声を崩さない親王さまは、爽やかな貴公子だった。

甘い。おいしい。もっと欲しい。もっと、もっと！

知らず知らずのうちに、ねだるような目をしていたようだ。実瑚の願いを見透かした親王さまは実瑚をやさしく窘(たしな)める。

「美味ですが、くせになりますのでね。婚儀のときにまた持って参ります」

「結婚したら食べられるの？」

「はい。結婚は少し先のことになるかと思いますが、わたしのことを忘れないで待っていてくださいね」

親王さまはそっと、実瑚のくちびるの上に人差し指を置いて石蜜を封印した。

自分のものとは思えないぐらいに実瑚の胸は高鳴り、どきどきが止まらなくなっている。

色とりどりの砂糖も、かすかに目にした親王さまの笑顔も、両方とも甘い。溶けそうに、甘い。

勇気を出して実瑚は話しかけてみる。

「絶対に、忘れないわ。ねえ、親王さまも食べてみたらいかがですか」

「ありがとう。ですが、あなたのかわいい顔が見られたのでわたしは満足ですよ。あとは家に帰ってからゆっくりと召し上がってください」

残りの砂糖は全部実瑚にくれるという。なんてやさしい人なのだろう。

それに、結婚すれば……砂糖がもっと食べられる！

「三日夜(みかよ)の餅の代わりに、砂糖を一緒に食べましょうね」

「そうですね、是非」

親王さまの指が実瑚の唇から離れた。実瑚の目の焦点が親王さまの手と合う。手のひらは餅のように弾力があって白く、とてもやわらかそうだった。

「ふっくらしていて、おいしそうな手！　ねえ、お庭で遊びましょ。本家の子どもたちも集めて」

大切な思い出だが、おぼろげになりつつある実瑚の記憶。

一、星を握って生まれた姫

実瑚(みこ)は、両手を胸の前で合わせてそっと目を閉じた。

息を吐き切り、短い呪(しゅ)を唱える。

「調息(シャンティ)」

身体(からだ)の臓腑(ぞうふ)は動かせないが、呼吸は自分の意思で操れる。深く、長く。時には浅く、短く早く。そして、両手を前方に伸ばして風の流れや湿り気を感じる。

すっと、瞑想(めいそう)に入る。

婚約披露の会から十年。実瑚は少しずつその才能を開花させようとしていた。

調子が良いときには、画(え)が観(み)える。その画を実瑚なりに解釈して『占い』としている。

徐々に、なにかが観えてきた。

……明るい。生きものたちの眠りを覚ますような、あたたかくてやわらかい春の光。

空気は乾いている。

ほんの一瞬で瞑想は途切れたが、実瑚にはじゅうぶんだった。

「よし、明日は晴れそう」

＊＊＊

昨日観た占いを信じ、今朝は久しぶりに山へ入って甘味作りの食材を探そうと実瑚は早起きをした。都の外れにある東山(ひがしやま)の麓に住んでいるので、山は庭の続きのようなもの。春と呼ぶには少し早いような朝の気配。吐く息が白く、冷え切っている。

「やった、寒いけど澄んだ晴れ空」

実瑚の占いは残念ながら当たる確率が低いせいか、家族にはうっかり占いと呼ばれていた。今日は大収穫で驚かせよう。

貧乏大家族の長女である実瑚の一日は忙しい。

実瑚が趣味に走りたいときは、こうして早起きするか夜更かしをするか、どちらかを選ぶしかない。夜遅くまで起きていると灯(あか)りが必要になる。となると、照明用の油はもったいないので夜という選択肢は消え、朝になる。さらに、昼過ぎより本家でおじいさまによる陰陽道(おんみょうどう)の講義があり、ゆっくりはできない。
勉強は苦手だし、憂鬱。たまには楽しい息抜きをしないと、頑張れない。
甘味だ、甘味。どんな甘いものを作ろうかと眠い目をこすりつつも想像し、実瑚は裸足(はだし)で家を飛び出した……けれど。

「待ちなさい」

朝陽(あさひ)が出る前の薄暗い中、実瑚を引き留める声は父のものだった。

「父さま、おはようございます」

元・修行僧である父は、実瑚の袖をそっと引っ張った。

「また、自分のために占いを使ったね」

実瑚の姿を見れば、これから山に入ろうとするのが丸わかりだった。
籠を背負い、長い髪をひとつにまとめ、弟の着古した水干(すいかん)を身につけている。穿(は)いた袴(はかま)は膝丈で括(くく)って動きやすくしてある。
父は、自分のために占うことを戒めている。占いは、皆を助けるためのもの。世の中を良くするためのもの。ましてや、実瑚の力は未熟で一日一回しか占えない。

「……つい。ごめんなさい」

笑ってごまかすと、父からは冷たい視線が返ってきた。もう一度謝った。

「履物を持って行きなさい」

「どうして？　晴れそうなのに」

「朝はまだ冷える。山には数日前の雨も残っているかもしれない」

元・僧侶の父は、宿曜師（すくようし）を兼ねていた。星読みと呼んでもいい。星々の動きをもとに、観天望気（天気予報）や人の運命までも観る占い師。実瑚の尊敬する人で、超えられそうにない師匠でもある。

履物は必要かしらと疑問に思いつつも渋々、実瑚は草鞋（わらじ）を腰に括りつけ、改めて行ってきますの挨拶をして勢いよく走り出した。

＊＊＊

半刻（はんこく）後。

今年初の山入りは大収穫。実瑚が背負った籠の中には果物や木の実が入っている。冬の間、鳥にも虫にも食べられずに残っていたものがあちこちに見つかった。

豊作になったのは、足もとが安定していたからだった。

出がけに父が教えてくれた通り、山には先日の雨が残っていて、日陰の地面はぬかるんだり凍ったりしていた。途中で草鞋を履いたところ、面白いように収穫が進んだ。履物を忘れていたら、今ごろ泥だらけで、早歩きできなくて帰りが遅くなったはず。

父にはまだまだ勝てそうにない。

実瑚は自然の恵みを取り過ぎない程度に残し、山の神々に感謝を述べて家路についた。

実瑚が上機嫌で帰ると、すでに母が朝餉の支度に取りかかっていた。手早く籠を下ろし、手と足を洗った後、水場に近づく。

「おはよう母さま。手伝う」

袖を紐で括り、野菜を洗う。

「実瑚、おはよう。今朝は山に行ったのね」

「たくさん取れたよ。後で見せてあげる」

「楽しみね」

都の東外れに住んでいる実瑚の家には、両親と五人の弟妹がいた。

父は占いのほかにも、かつて寺で会得した医術にも詳しいので、病やケガで苦しむ人が助けを求めてくることもある。元・僧侶の父は還俗した今でも勉学を重ねている努力の人。

そんな父がなぜ貧乏一家の家長なのかというと、将来を捨てて母と駆け落ち婚をしたから。

ちなみに結婚前の母は、そこそこの貴族の姫君だった。さる貴族の邸(やしき)で行われた法会で読経に来ていた父と出逢(であ)った。お互いひとめぼれとはいえ、周りの反対を押し切ってしまった。地味で粗末な暮らしぶりでも、両親は仲がいいし子どもたちも健やかに育っていて、家は明るい。

……でも。

年ごろの実瑚としては、やっぱり財も大切だなと思いはじめている。

大風が吹くたびに倒れそうな家では困る。川が近いぶん水には困らないが、荒天で川が増水すると避難しなければならない。おなかいっぱい食べたいし、きれいな装束だって着てみたい。

実瑚は、甘いものが大好き。

けれど、甘味はとてつもなく高価で庶民に手の届くものではない。自分で獲(と)った芋を煮たり、蔓草(つるくさ)や樹液を煮詰めて甘味を取り出してみたり、蜂蜜を収穫したり、甘いものを自作するのに必死。家の手伝いの合間にしか作業できないので、好きなだけ甘いものに向き合えたらいいのにと憧れる。広いかまどで材料を贅沢(ぜいたく)に使ってみたい。

「実瑚、汁がふいていますよ」

考えごとをしていたせいか、汁がぐつぐつと煮えていた。あわてて、火を小さくする。

……あぶないあぶない。

けれど実瑚には定められた道がある。それは、占いで身を立てること。今のところはうっかり占いでも、大いなる力を秘めていると言われていた。

両方の手のひらを広げた。左右の真ん中に、ほくろがある。星と呼ばれているほくろは、能力のしるしだとのこと。

母の実家である土御門（つちみかど）家は陰陽道を担っているが、最近は強い術者を輩出できずにいて家格が堕（お）ちてきたらしい。ゆえに、生まれた赤子は性別問わず、直ちに手のひらを調べられた。実瑚も、そのひとり。

じっと、手のひらの中にある星を見つめる。ほくろが消えないかと執拗（しつよう）に、こすってみたこともある。無理だった。痛いだけだった。

実瑚の星を見た本家のおじいさま……母の父は小躍りして喜び、勘当した母を許した。

元・僧侶の父は、星占いを基本にした宿曜術にも知識が深く、占いにも詳しい。

つまり陰陽師と宿曜師、双方の流れを汲（く）む稀有（けう）な血を実瑚は持っていた。

そもそも、陰陽師と宿曜師は仲が悪い。

朝廷に提出する暦（カレンダー）づくりで、どちらのものが正確か毎年揉（も）めている。都に生きる貴族にとって、暦は暮らしを支える基本。方向が悪ければ外出を控える。髪を洗うのに良き日を調べる。結婚なんてしようものなら、慎重に吉日を選ばなくてはならない。暦が間違っていたら大変なことになる。

今の実瑚には、うっかり占いしかできないのに、おじいさまは実瑚を母の実家……本家に迎え入れ、毎日のように呼び寄せて勉強や修行をさせて養女教育に励んでいる。期待が重過ぎる。

さらに、実瑚には本家が選んだ身分の高い婚約者（いいなずけ）がいる。

もう一度言おう、期待が痛いぐらいに重い。本家を支えるだけでもしんどい案件なのに、貴人との縁組はさらにとんでもない話である。

けれど、婚約披露の宴（うたげ）で出された砂糖が、実瑚の心をつかんだ。

あんなに繊細で美味な食べものがあったとは知らなかった。あの一瞬で、実瑚は砂糖の虜（とりこ）になった。実瑚の婚約を決めたおじいさまや、それを渡してくれた実瑚の婚約者の好感度が上がった。

また食べてみたい。

憧れの婚約者が、実瑚に砂糖を持って迎えに来てくれる日を夢見ていた。

主に本家で学ぶのは、陰陽道の知識、作法、実践。ありがたい講師はいつも、おじいさま。無知な実瑚にも根気よく指導してくれる。自分の家では父が手の空いているときに宿曜術を教えてくれている。

でも、実瑚はよく理解できていない。学びの大切さを、そして重みを。

面白いと思うのに、頭の中に入ってこない。本家を支えるために、覚えることがたくさんある。実瑚の家も、弟妹が大きくなるにつれて物入りになる。

日々励んでいるつもりだが、実瑚の才が開かないと縁づけないという。それは、分かる。

本家を盛り立てるために選ばれたのに、悔しいけれど今のままでは役に立たない。

婚約者側にも事情があるらしく、結婚話は進んでいない。

凄腕(すごうで)占い師になって、素敵な婚約者と結婚して夫の力を借りて本家を立ち直らせ、充実した甘味生活を送りたい……できたら。できるのかなあ、高望みかしら。

「浮かない顔して、どうしたんだよ実瑚。家まで送って行ってやる」

おじいさまの講義を終えて帰るところ、背後から声をかけられた。

「晴(はる)にい……」

にっかりと、屈託のない笑みを浮かべているのは土御門晴佳。晴佳の母と実瑚の母が土御門家の姉妹、つまり実瑚のいとこに当たる。六つほど年上で、幼いころからよく一緒に遊んだ仲。実の兄のように思っていたが、現在は義兄である。

「今日もじいさんにこってりと絞られたか、かわいそうに」

憐れむなら代わって欲しい。そもそも、実瑚が修行させられているのは晴佳のせい。励ましているつもりだろうが、肩を叩かないで欲しい。修行中に重い装束を着させられていたせいで、肩が凝っている。

晴佳には陰陽師としての才がまるでないらしい。陰陽道を司る家に生まれておきながら、なんの片鱗もなかった。清々しいほどに、皆無だった。もちろん、手のひらに星もない。

本人は竹を割ったかのようにさっぱりとしている。本家のおじいさまに失格の烙印を押されたものの、お気楽生活を満喫し、今日も気軽な狩衣姿で散歩を楽しんでいる様子。ちょっと羨ましい。

「ひとりで帰れます。まだ明るいし、今日初めて習ったところのおさらいをしながら歩きたいの」

「まあまあそう言わずに。さっき、とってもいい賽の目が出てね！」

「よかったね、それは」

……ダメ人間にも得手がある。

晴佳の得意は、賽。陰の数、陽の数、目の大小、晴佳はたぶん操っている。ここしばらく、負けたことがないと公言するほどに。

そんなの、自慢されても返答に困る。よかったねを繰り返すしかない。しかしここで問題がある。よかったねを返すと、話が長くなる。嬉しそうなので断りづらくなる。今も、晴佳は目を輝かせて実瑚に近づいてきた。

「聞いてくれよ実瑚。素晴らしい賽。素晴らしい俺様の話を！」

うわあ、出た。

この熱さが、本家を支える熱になったらよかったのに。晴佳の賽への熱はおかしな方向に暴走している。こんなに熱くなれるものを持っている点は素直に羨ましい。だけど、それに巻き込まれる身にもなって欲しい。

「ごめん晴にい、早く帰りたいんだ。またの機会に」

そう告げながら、早くも実瑚は歩みを早める。早める早める早める。晴佳は身体を動かすのが苦手なので、置き去りにする作戦だ。

晴佳は賽に全才能を振っているだけで、悪人ではない。むしろ、素直でいい人。

だけど、いい人だけでは生き残れない。ときには、狡く賢くしたたかに。ああ、そんなのいやだと顔を背けそうになるけれど、取り繕う生き方もたまには必要で。

「おーい実瑚、せっかく聞かせてやろうと思ったのに」

「今度まとめて聞くから」

実瑚は逃げるように歩く、走る。晴佳の声が遠ざかってゆく。今日も家の手伝いが立て込んでいる。預かっている病人も多い。おじいさまのお話も復習しないと。

いつもの帰路と違う道を進んでいたことにも気がつかないほど、俯いて闇雲に歩いていた。

修行を強いるおじいさまが怖い。賽にしか興味のない晴佳に怒っている。誰も助けてくれない今を呪いたい。力のない自分を恨んでいる。

なんにも考えたくなくて、ひたすら走る。実瑚は苦しかった。歯を食いしばって耐えている。つらい。どうしていいか分からない。こわい。

「……あ」

ふと、前方に、黄色くて丸い実がいくつか落ちているのを見つけた。手のひらにのるほどの大きさだろうか。思わず駆け寄り、ひとつを拾ってしまった。

「橘だ、すごい！」

小粒ながら重みがあって手ごたえを感じる。枝から落ちたばかりらしく、汚れも少ない立派な実。袖で表面を拭いてやると、つやつやに光った。橘の実の季節はもう終わるころなのに、偶然の出会いは嬉しくて心が躍る。

普段は通らない道を歩いただけで収穫があった。橘の実、使いたい。

さっきまで抱えていた、重く暗い気持ちがどこかへ吹き飛んでいた。ありがとう、橘の実。実瑚は感謝の頬ずりをした。

橘の実は酸味が強くて食べるのには向いていないが香りが高く、ほかの食材を引き立てるには良い調味料になる。

葉も、落葉しないで一年中青々としているために縁起がよいとされていて、内裏の紫宸殿の前にも右近の橘として植えられている。ちなみに左近には貴族が愛してやまない桜がある。桜と橘はこの国を代表する木なのだ。

でも、拾ったとはいえ、勝手にもらったらダメだ。実瑚の良心が許さない。

見上げると、木にはまだ多くの橘が実っていたが、どこかの貴族の敷地のようなので入れない。邸は由緒ありげだが持ち主を知らない実瑚にはどうしようもなかった。

いいなあ、きれいな実。それに、美味しそう。

早く帰らないといけないと思いつつ、目の前の実に惹かれている。

「どうかされましたか」

意識が橘に強く向いていたので、背後から不意に声をかけられた実瑚は必要以上に驚いた。

「うわっ！」

粗末……ではなく、質素な狩衣姿の若い男性だった。見ず知らずの実瑚に向かってほほ笑んでくれている。控えめで穏やかそうな人と見た。きれい。うつくしい。うつくし過ぎる。こんなに素敵な人が世の中にいるなんて。華美でない狩衣が、男性の魅力をより引き立てている。

一瞬見惚れて、次に恥ずかしくなった。

じいっと見てしまった。二十歳をいくつか超えたぐらいで、義兄の晴佳と同世代に見える。

通りすがりの使用人、このお邸の下働きだろうか。あまりにも美形なので話しかけるのに気が引けるけれど、橘の実が欲しい。決意した実瑚は、胸を張って息を吸った。

「お願いがあって。これ、いただけませんか？」

実瑚は持っていた橘を指し示した。

「橘……ですか。一応、主人に了解を得てみますが、実をどのように使うのですか。酸っぱいだけでしょうに」

艶やかな低音の声に張りがあり、耳奥まで心地よく響いた。思わずどきどきしてしまう。

「酸味はあるけれど、甘さを引き立ててくれます。実は果汁がいろいろ使えるし、搾りかすはお肌にのせるといいし、皮は乾燥させれば薬になります」

「お詳しいのですね。いくつほど、実を御所望ですか」

「持てるだけ、なるべく多くください！」

図々しかったか。つい、いつもの調子で応えてしまう。男性は、込み上げてくる笑いを抑えきれない感じだった。失言だったかと、実瑚は恥ずかしくて全身がかあっと熱くなるのを覚えた。

「あなたは素直ですね。持てるだけ。いいですよ、協力しましょう。邸の主人に許可を得てくるので、ほんの少しの間だけお待ちください」

そう告げると、男性は足早に邸の中へ消えて行った。

橘ばかりが気になっていたが、改めて邸を眺めるとかなり傷んでいるのが見て取れた。古いだけではなく、手入れが施されていない。男性がくぐって行った門は壊れかけている箇所がある。塀である築地はところどころ崩れているし、ちらと覗ける敷地内は広そうだが雑草が生え放題。

実瑚は、橘の実をどう使おうか悩みつつも、邸の主人について案じた。どなたの邸だろう。おじいさまや晴佳ならば知っているだろうか。考え込んでいたので、男性が戻ってくる気配にも気がつかないほどだった。

「お待たせしました」

なんと、男性は中には何も入っていない籠を背負っていた。これから、橘の実を入れるのだ！　手には男性の背丈ほどありそうな棒を持っている。ありがたいことにお許しをいただけたようで、男性は実を収穫する準備が万全だった。

「落ちている実は拾えばいいですが、木になっているものは……どうしましょう。木を揺らすか、この棒で枝を叩いて打ち落としましょうか」

眩しそうに橘の木を見上げ、棒を軽く振りながら男性はつぶやいた。

「実が傷むので、そんなことしたらだめです。私が木に登って取る。あなたは降ってくる実を受け止めて」

「登る？」

築地の塀の上によじ登れたら、その後は木を伝って上に行けそう。橘の実にたどり着く自分の姿を想像してみた。できる。大変なのは最初だけだ。

「申し訳ありませんが、私に肩を貸してください」

男性の肩の上から跳べば、築地の上に届く。実瑚は確信して草鞋を脱いで揃えた。

「肩ですか。どうすれば？　しゃがみますか、それとも馬になりましょうか……」

「動かないで！　立っていて、そこ!!　足、力入れて!!!」

数歩後退し、助走をつけた実瑚は全力で地面を蹴った。男性の肩を目がけて跳ぶ。ほんとうは手で介助してくれるとありがたいのだけども、そんな贅沢は言えない。

男性の肩を強く蹴って跳ぶ。

ごめんなさい、でも絶対に欲しい。後で謝ります。実瑚は築地の上から軽々と橘の木に乗り移った。

「うわぁ」

たくさんの実がなっている。取り放題だった。手を伸ばしたところに、実がいくつもある。橘に囲まれて頬が緩む。

けれど、取り過ぎはよくない。自然の恵みは皆のもの。

「取った実、今から投げます」

見下ろすと、籠を背にした男性がいた。棒を地面に置いて手を振ってくれている。よし、ゆっくりとやさしく下に送ろう。橘の実は香りが良い。一個ずつ、味わうようにして実を手にした。ああ、いい香り。

ぎこちなく左右に動き、男性は実を受け止めている。実瑚は籠を狙って投げているので、一点に立ったまま待っていてくれればいいのに。でも、真面目な顔で構えて待っている。言い出せない。ちょっといじわるして右に振ってしまおうかしら。次は左に。何個でも取ってくれと了解を得ているものの、すべては取らないで二十に届かないぐらいの個数で終わらせた。

「これで最後の実にします、ありがとうございました！　そろそろ下りますね」

実瑚はおおげさに感謝を示し、足場を確認しながら地面に戻ろうとした。橘の木から築地塀に飛び移るなんて、山育ちの自分には息をするのと同じ……そう確信していたのに、実瑚は築地の上に足をついたとき、滑ってしまった。

たぶん、数日前の雨のせいで乾ききっていなかったのと、築地が古くなって崩れやすくなっていたせいだろう。

しかも、衣の中に入れ込んでいたはずの髪の結い紐がするっとほどけてしまい、長い髪が空いっぱいに広がった。

しまった。こんな失敗、普段はしないのに。

情けないなと思いながら実瑚は、するするずるりと落ちてゆく。地面に投げ出されたときは痛そうだと覚悟してぎゅっと目をつぶってしまった。

でも、痛みには襲われなかった。それどころか、実瑚を待っていたのはあたたかくてふわっとした感触で。

「だいじょうぶですか」

強い口調で訊（き）かれた。全身を揺るがすような、意志を感じる。

おそるおそる、両目を開く。そこには、とても心配そうに実瑚を覗き込む男性の顔があった。ち、近い……！

……実瑚だった。

穂積（ほづみ）には、すぐに分かった。

数年ぶりに再会した婚約者（いいなずけ）だというのに実瑚は、穂積にまるで気がつかなかったようだった。

出逢（であ）ったのは一度きり、しかも十年も前のことだし、穂積の外見は一変している。結婚の約束を交わしたとき、実瑚は幼かった。今でも、少女めいた細い身体（からだ）つきに化粧のない顔つきのままだった。

飾らない点は好ましいが、あろうことか、実瑚は木によじ登って落ちてきた。この腕の中へ！

普通の姫君ではなさそうだと感じていたものの、ここまで尖っていたことに驚く。橘の実を取るために、男を踏み台にして橘の木に登る荒技。

見ている側としては新鮮で爽快で、羨ましくさえなった。『みこ』ではなく、『ねこ』かと思った。

「姫」

それでも、穂積は呼びかけた。高いところから落ちたのだ、怖かっただろう。実瑚は両手で顔を押さえている。怖さのあまり、泣いているのかもしれない。

痛いところはないか、そう訊ねようとしたときに、反応があった。

「くやしい……なんで、こんな高さぐらいで落ちる？」

恐怖ゆえに身を縮ませていると思いきや、実瑚は自分自身の不甲斐なさを嘆いていた。

その前向きさが愛おしい、けれど黙っておく。実瑚にも婚約者のことを早く思い出してもらって感動の再会にしたい。穂積は今上帝の親王で、実瑚の夫となる男性なのだから。

さあ、顔をしっかりと見て欲しい。穂積は自分の頭を実瑚に向かって突き出した。

「なにこれ。顔色、悪っ！　よく見せてください」

いきなりだった。

両頰を覆う、手のひらのぬくもり。目を閉じて呪文のような短いことばを唱える実瑚。ほのかに幼さの残る愛らしい顔で懸命に祈っている。

「とてもお疲れですね。血の流れがよくありません。冷たいし」

ぺたぺたと頰や額を触る実瑚に穂積は戸惑った。

「あなたは医師か薬師、でしょうか」

もちろん、穂積は実瑚がどちらでもないことを知っているが敢(あ)えて尋ねてみた。

「占い師です。まだ見習いですが、あなたの顔色は問題です！　今、私は家に帰るところですが一緒に来ませんか。身体をあたためる食事を作ります。食べに来てください」

なんと、婚約者にそれと気がつかれないまま、家に招待されてしまった。

「あなたの家、ですか」

「貧乏家族で、豪華なものではありませんけど身体にやさしい食事です。橘の実も使いますし、是非どうぞ」

実瑚の家では元・僧侶の父が医師のようなこともしており、患者なら誰でも診るし、自分はその手伝いをしているなど、熱っぽく語った。

穂積の素性には、まったく、気がついていない。

こちらの疲労は事実だが、初対面と思っている男に対して無防備にいろいろ喋(しゃべ)るのはどうだろうか。軽率ではないか。

心配してくれているのは伝わるものの、警戒心のない実瑚が不安になる。しかし懸命に穂積の健康を案じてくれている実瑚が愛らしくて、ついじらしく、つい見入ってしまう。

頷くだけで穂積が返事をしなかったので実瑚は誤解したらしい。

「迷惑……でしたか。突然、急に。そうですよね、いきなり。私ったら失礼なことを」

しかも、思い悩んでしまったようだった。

「いいえ、迷惑ではありません。あなたおひとりでは、大量の橘も持って帰れませんよね……ただ、あなたを地面に下ろしてもいいでしょうか。腕が痺れてきました……限界です」

重い、と言わずに穂積は実瑚を抱えながらよく耐えていた。

照れて恐縮もしながら、実瑚は穂積の腕を離れた。

穂積はいったん、背中の籠も下ろす。橘の実がいっぱいに入っていた。肩が軽くなったのでひと息ついた穂積に対し、申し訳なさそうな顔で実瑚が頭を下げてきた。黒くて豊かな髪が揺れる。

「気がつかなくてごめんなさい。重かったですよね、私」

「いや、あなたが一生懸命で、言い出すのが遅れました。わたしも悪かったです」

お互い謝り合うこと数回、気を取り直して穂積は実瑚の提案に乗ることにした。

目の前の男が婚約者だといつになったら気がつくのか、こうなったらとことん黙っていようと開き直る。

「狭苦しい家ですが」

「こちらこそよろしく頼みます」

「私は実瑚と言います。家は東のほうにありますので早速向かいましょう」

「お待ちください、髪が」

歩くには邪魔だろうと思い、持っていた懐紙を撚って、切れてしまった結い紐の代わりにしてやった。

身なりに反して髪はかなりうつくしい。後宮の女にも劣らない長さと豊かさがある。誰かが手入れを施しているのだろうか。しっとりとしていて触り心地が良く、手放したくない感覚があることを穂積は初めて知った。

「髪をまとめてくださって、ありがとうございます」

お礼を述べる実瑚の声で我に返った。

道中、実瑚は誰でも誘うわけではない、と断言した。

「橘の実のお礼です。それに、困っている人や弱っている人がいたら助けようっていうのが、家訓で」

「立派なお父上ですね」

そうなんですよ、父は私の師匠で尊敬する人です、と笑顔で家族の話をしている。表情が明るいのは、周りの者に恵まれているからだろう。

＊＊＊

鴨川（かもがわ）を渡った町外れ、東山のふもと。人家もまばらになってきた。坂を上る。

木々に囲まれた道を突き進むとやがて、家屋が見えてきた。大きくはない。少し開けた空き地の奥に、ぽつんと建っている。母屋らしき建物の脇に小屋がいくつか並んでいる。寒いだろうし、激しい雨風に襲われたら倒れそうに見える。

「想像以上のあばら家で、驚かせてしまいましたね。ええと、お名前……まだ聞いてなかったですね」

「……橘（たちばな）、です」

「橘の木の立派なお邸（やしき）ですものね。ぴったりなお名前です」

本名を名乗って正体を明かすのは避けたかったので、穂積は適当に言い繕った。

「ただいま戻りました、お客さまだよ！　橘の実を、たくさん分けてくれたの！」

実瑚の元気な声を聞きつけたらしい家族が出迎えてくれた。穂積の袖を引っ張って実瑚が家族に紹介する。弟妹たちは珍しそうに穂積を見上げている。

「これといったおもてなしはできませんが橘さま、ようこそいらっしゃいました」

穏やかそうな男性は実瑚が尊敬している父親。母親は控えめに振る舞っているが気品がある。都の隅に、慎（つつ）ましくもやさしい家族があった。

夕暮れ前に、食事が出された。

それまで、穂積は実瑚の弟妹と遊んで時を過ごしていた。鬼ごっこ、石投げ、相撲（すまい）。外遊びなど、何年ぶりなのか。子ども時代に戻ったように大きな声を張り上げて笑った。

庭とも呼べないような空き地に筵（むしろ）を敷き、まずは弟妹が座った。皆、手に椀（わん）を持っている。屋外で食事をするらしい。

「家の母屋では、病の人たちを預かっているの」

この家族、母屋は病人に貸して、自分たちは小屋で寝ているらしかった。

「いつもこんな調子なのですか」

「季節の変わり目は病人が多くて。桜が咲きはじめるころまでには治して家に帰れるよう、私たちも頑張っているの。誰だって晴れやかな気分でお花見がしたいだろうし」

母親が大鍋を担いでやってきたので実瑚も手伝う。もうもうと上がる湯気と、鼻をくすぐる美味しそうな匂いにつられてか、藪の中からこれまた椀を手にした子どもたちが数人あらわれた。近隣の子だろうか。

小さい子から順に食事をもらっている。どうやらみんなで揃って鍋を囲んで食べるようだった。実瑚はいくつかの椀を盆に載せて母屋のほうへ運んで行った。寝ている病人にも配るのか。

高貴な身分の穂積にはあり得ない光景だった。

父帝と共に過ごす時間はあっても団欒はないし、母は早くに亡くなった。妹は帝の後宮に引き取られており、会うのはひと月に一度ほど。

幼いころより、食事はひとりで摂るもの。かつては母の実家だった橘邸に住むようになっても、穂積は未婚ゆえなにも変わらなかった。

「橘さまもどうぞ。お客さまなのに、お出しするのが遅くなりました」

戻ってきた実瑚が差し出した椀に入っていたのは粥だった。覗き込んだら表面に顔が映り込みそうなほど薄い。

「ありがとう」

穂積は礼を述べて受け取った。薄いが、具はたくさん入っている。

「後で、父さまがお酒を持って来るって。まずはこれであたたまってください。今朝、私が山で取ってきた野菜や木の実も入っています」

「早速いただきます」

熱々の粥は空腹の穂積に沁みた。じんわりと熱が全身に広がってゆく。味付けは薄めで、それぞれの具材の持っている風味が生きていた。味だけでなく食感も楽しめる。

「美味ですね。あたたかくて落ち着きます」

「よかった。素っ気ない汁みたいなお粥だから、お口に合うかどうか少し心配だった」

父親は病人の診察と看病に区切りがつき次第、出てくるとのことだ。

「医師ではないのだけど。このあたりに住んでいる人をいつでも診てくれる医師っていないせいか、どうしても人が集まってしまって」

「志ある方ですね」

「父の本業は占い師なの。宿曜師って分かるかしら。星の動きを観て運命を読む密教僧」

「聞いたことがあります」

「占いは世のため人々のためにするものだっていうのが口癖で、私が自分のために占いをすると叱られてしまって。当然よね」

ふふっと、実瑚がはにかむようにして笑みをこぼした。

「姫も占い師でしたね」

「私は全然ダメなの。手のひらをかざすと気の流れっていうのかな、たまに観えるんだけど、一日に一回しか占えないんです。家族には『うっかり占い』って呼ばれているぐらいハズレが多くて。学問は面白くても難しくて、なかなか覚えられないし」

先ほど、穂積の頬を手のひらで包んだのは占っていたからだという。誰にでも触れるわけではないと知り、ほっとする。

それにしても、うっかり占い師にまで悟られるほど、穂積は体調を崩しているらしかった。自覚はあるような、ないような。悩みが多過ぎてどれが原因か。

「気の流れを読む、でしたか。珍しい力をお持ちなら、無理に勉学なさらなくてもよいのでは」

「絶対に、優秀な占い師にならないといけなくて。こう見えても私、実は高貴な御方と婚約していて。いずれ本家を支える存在にと決められていたのに、私が不甲斐ないせいで縁組は延期のまま。もう十七歳になってしまった」

悔しそうに俯きながら実瑚は語っている。幼いと思っていた顔に憂いが浮かんでいるのを見て、どきりとした。穂積本人を前にして気がつかずに婚約の話をしているが、いよいよ婚約者の存在に気がつくだろうか。

「占いの才能が早く開花しなくても、姫にやる気があれば構わないでしょうに。結婚後も修行を続ければよいこと」

「理屈ではそうなんだけど……かつて陰陽道の名家だった本家も、最近は秀でた陰陽師が出ていなくて没落の一途。婚約はしたけど結局は財も才もなくて。私みたいな、ほぼ庶民でしかない分家の娘が、縁あって親王さまとお約束できたのに」

自分の能力のなさを感じたのか、落ち込んでしまった実瑚の頭をそっと撫でてやる。結婚話が進まないのは穂積の側にも問題を抱えているからで、実瑚のせいだけではない。

「その、親王さまとやらと結ばれたいのなら、ご自分を卑下するものではありません。あなたは明るくて愛らしいですよ」

慰めると、実瑚はぱあっと顔を赤く染めた。

「ありがとうございます。初めて逢った御方に、愚痴を聞いていただくとは不思議ですね。ついでに、私のお守りを見てもらえませんか」

懐をごそごそと探ると、お手製らしき布袋を取り出して手のひらほどの大きさの白い紙を広げて見せた。

「占いは大事ですが、私は甘いものが大好きなんです。これは、親王さまとの婚約披露の会で『砂糖』っていうのを食べたときの包み紙。ずいぶん前のことでぼんやりとしか覚えていないのに、包み紙を見ていると、幸せな気持ちになれるんです。砂糖、ご存じですか？　とても甘いの」

婚約披露の件を実瑚は楽しそうに語りはじめた。

表情がくるくる変わって面白い。宮中や邸には澄ました顔の女ばかりで、穂積に媚(こ)びる者はあっても実瑚のように打ち明け話をしてくる人はいなかった。

穂積の母は身分が低かったものの、帝に寵愛(ちょうあい)された。

うつくしく賢くおとなしかったゆえ、後宮の女どもに嫉妬されていじめ殺された。

表向きは病死扱いされて真実は隠されているが、毒を盛られたのだ。犯人は見つかっていない。

平気で他人を陥れる女たちに囲まれて育った穂積は、恋愛に興味が持てなかった。

恋人はおろか好みの女性すらいなかったし、婚約者が決まったときも興味がなかった。

披露の会で対面した当時の実瑚は裳着(成人)する前の幼い少女。愛らしいなと感じただけで、強い感情は抱かなかった。別の意味で心抉(えぐ)られることはあったが。

しかし今日、実瑚と出逢(であ)ったのは運命かもしれない。せっかくなので尋ねてみた。

「お相手の親王さまは、どのような方でしたか」

明るかった実瑚の顔が止まってしまい、穂積は戸惑った。言ってはいけないことを言ったか。

「それが……あまりにも眩(まぶ)しくて恥ずかしくて、恐れ多くて……親王さまのお顔をほとんど見られなかったんです。あたたかかった手とやさしい声のこと、砂糖が美味だったことぐらいしか覚えてなくって」

苦笑するしかなかった。十年ほど前のことなのだ、いくら思い出深い出来事とはいえ記憶も曖昧になっているだろう。

感動の再会にはならなかったものの、実瑚や彼女の周りの状況を観察できるのはよい機会かもしれない。自分が婚約者だという事実はもうしばらく黙っておこう。実瑚を眺めているだけでも飽きない。

「あとこちら、私が作った甘いものです。よろしかったらご賞味ください」

平たい器の上に、やや朽葉色(くちばいろ)がかった四角い塊がのっている。大きさは手のひら半分ほどで、しっとりしていて弾力がありそうだ。

「もしかして、蘇？」

自信はなかったけれど、穂積は答えた。

「すごい、正解です！　昨日、診察費の代わりに牛の乳をたくさん置いて行った患者さんがいたので作ってみました。それと、蜂蜜と橘の果汁を合わせたものを仕上げに添えますね」

「橘の？」

「いただいた実を搾りました。蜂蜜の甘さが引き立ちます」

そもそも、蘇は貴族の酒宴の席で出てくるような高級品だが、父の蔵書の中に作り方が載っていたのを読んだ実瑚が、試しに作ってみたという。蘇の上から、橘果汁入りの蜂蜜をとろりとかけて完成。

「蘇は栗と一緒に食べるときもあるとは聞いていましたが、橘蜜か」

「食べてみましたが美味しかったですよ。栗も合いそうですね、今度試してみよう」

蜂蜜も実瑚が山に入って秘密の場所で採蜜しているという。

「甘い味を出すには、甘葛煎をよく使うのではないでしょうか」

「やってみましたが、蘇にはあっさりとした甘葛煎よりも濃厚な蜂蜜がよく合うみたい。甘いものは苦手ではないでしょうか」

努力の結晶、食べないわけにはいかない。

「……苦手ではありません」

食べなければならない。実瑚が喜んでいる。手のひらに冷や汗が浮かんできたが、この笑顔をなくしたくない。

だが、穂積はとある理由によって甘いものを避けている。

本来、甘味は好みだが太りやすい体質なのだ。最近でこそ、美丈夫と呼ばれるようになったけれど以前はまるっとした体形で、よく肥えていた。婚約披露の会で、実瑚に指摘されたことを穂積はけっして忘れていなかった。

『ふっくらしていて、おいしそうな手！』

初対面の婚約者にこんなことを言われたら誰だって傷つくだろう。当時の幼い実瑚には悪気がなかっただろうし、むしろ褒めことばだったかもしれない。

披露の会以降、穂積は身体（からだ）を鍛えた。

食事を制限して余計な食物、特に甘いものは一切摂取しないよう、心を入れ替えた。祖父に勧められてなんとなく飲み続けていた甘すぎる常備薬を断った。お酒も付き合い程度に控えている。

つまらない奴だと噂（うわさ）されることもあるが、いつか再会する実瑚のために凛々（りり）しくうつくしくありたいと願った。

再会は突然だった。

肉体改造をしてよかった。日々の積み重ねが実った。

婚約者だと気がついていなくても、穂積のほうを照れながら何度も見つめてくるのが快感である。手ごたえは悪くはない。

蘇を作って蜂蜜を手に入れた実瑚の努力にも応えなければならない。目の前の、蘇。手製の甘味。貴重な食べ物。

早く食べて欲しいと実瑚の目が訴えている。そして感想が欲しい、と。あまりの分かりやすさに笑ってしまいそうになった。甘味を食べた分は、身体を動かせばよい。橘邸まで走って帰ろうか。

「では、いただきます」

大きめのひと口。蜂蜜の甘さが広がり、橘のさわやかな酸味がそれを追いかける。ねっとりとした蘇によく絡む。甘いものを食べたのは何年ぶりか、身体に沁みた。いつまでも食べていたい味だった。

飲み込んでから、穂積は評価を下す。

「美味だ。妙なる味です。宮中でも食したことがないほどに、さっぱりしているのに食べ応えがある」

やや大げさだったか、しかし実瑚の顔が輝くように明るくなった。

「嬉しい、ありがとうございます！　よかった。お口に合わなかったらどうしようかとどきどきしていたので、よかった」

ふと、穂積は実瑚の蘇を食べさせたい人の顔を思い浮かべた。

「姫、お願いがあります。この甘味を、わたしの父にも食べさせてはくれませんか」

「え？」

突然の申し出に、実瑚はまぶたをぱちぱちと何度も動かして瞬きをした。

「驚かれるのも無理ありません。わたしの父は気鬱にかかってしまい、食も細くて周りが困っています。『蘇の橘蜜がけ』ならば、食べられるかもしれません」

「それなら、分けて差し上げますし、作り方を教えますよ」

「いいえ、あなたが父の目の前で仕上げを施してください、先ほどのように。人助けだと思って、どうか」

「……でも」

明らかに、実瑚は戸惑っていた。家の手伝いに占いの修行、実瑚なりに忙しいのだ。意地悪をするようで気が進まないが、実瑚を父に会わせることで結婚話が進められそうか穂積は探ってみたかった。

「失礼を承知で申し上げます。見たところ、こちらの家はずいぶんとお困りではないですか。家族も患者も多いのに、入るべきものが極端に少ない。違いますか」

反論できず、実瑚は唇を嚙んで黙ってしまった。婚約者だと気がついてもらえない穂積にも、正直なところ多少苛立ちがあって刺々しい言い方になってしまった。

「わたしの父はそこそこ裕福です。あなたの甘味を父が気に入れば、たくさんの褒美が出るでしょう」

「褒美……」

「父の邸には、あなたがお好きだという甘いものも多くありますよ」

誘惑のことばは甘い。頰が上気し、実瑚の心が揺れているのがよく分かる。

「両親に、相談してから決めてもいいですか。できることなら、協力したいです……橘の実の皮を煎じた飲み物もあるので、ご用意しますね」

一見、実瑚は落ち着いているようだが、声が上ずっている。視線も合わせてくれない。高揚する心を抑えようと努めている姿はいじらしい。そんな実瑚に、声をかける人がいた。

「橘さまを満腹にしないように、実瑚。これから男同士、酒を飲むぞ」

「父さま！」

年齢は四十手前ぐらいか。痩せ型の、いかにも元・修行僧といった風体だった。髪を剃っているせいか日に焼けた精悍な顔が目立つが、どこか穏やかでもある。

「なにもかも粗末ゆえ、あきれていらっしゃるのではないかと心配していました。実瑚、そなたは下がりなさい。食事もまだだろう」

はい、実瑚は短く返事をして一礼し、この場を去った。自身が食べることはもちろん、弟妹の食事を見守ったり、片付けたり、仕事はいくらでもあった。

「お久しぶりにございます、穂積親王さま。婚約披露の会以来でございますね」

恭しく頭を下げた実瑚の父は、とっくに穂積の正体に気がついていた。

「久しいな」

「娘が度重なる失礼を働いて申し訳ありません。実瑚は鋭い占いをするときもありますが、まだ頼りなく」

「再会し、ここまで連れてきてくれた。なんとなく、わたしとの縁を感じているのだろう。そうでなくては困る。見知らぬ男を家に連れ込むようでは」

「重ね重ね、申し訳ありません。改めまして、お詫びの盃を。あいにく、宮中の宴で出るような高級な酒ではございませんが、近江のよき米と京のよき水で作った酒にございます」

「いただこう」

この夜、穂積は実瑚の父と語らった。時が経(た)つのも忘れてしまい、勧められるがまま実瑚の家に泊めてもらうことにした。はっきり言って、自分史上屈指の粗末な寝所だったが、幼子と遊んで身体を動かし、あたたかい粥(かゆ)や明るい会話を楽しんだおかげか、隙間風も気にならずにぐっすりと眠れた。

翌朝。

実瑚は意外な人物の隣に立っている。昨日会った、橘邸の橘さま。見目麗しくてやさしくて、好感が持てる素敵な御方。

両親の説得もあって、実瑚は橘さまの父上へ蘇を届けるために出かける流れになった。

「父君、母君。姫をお預かりします」

「至らない娘ですが、どうかよろしくお願いします。実瑚よ、すべて、橘さまのおっしゃる通りに行動すれば問題ない。胸を張って、己を信じよ」

「やあね、父さまったら。永遠の別れでもあるまいし。用が済んだらすぐに戻ります」

今朝も山に入るつもりだった実瑚は強引な予定変更に不満だった。しかも、父が説教めいたことばを投げかけてきたので余計不審が募る。母なんて声を殺して泣いていた。いつまでも幼い子どもではない。しっかりお出かけを果たして来よう。ひそかに、ご褒美も楽しみにしている。実瑚は家族に向かって元気に手を振って歩き出した。

京の町までは昨日と違って下り坂ゆえ、早く到着した。まず、連れて行かれたのは出逢った橘邸。

「お手数ですが、着替えていただけますか。支度ができたら出かけましょう」

今、実瑚の着ているものは庶民の、しかもくたびれている作業着でしかない。装束などとは呼べない代物である。

それなりに見られるものを貸してくれるのかしらと考えていたら、運ばれてきたのは豪華な正装が一揃え。春の紅梅の襲だった。

まずは小袖に袴を穿いて単衣を身に付ける。微妙に色の濃淡が異なる衣を数枚重ね、打衣、表着、そして唐衣に裳を結んで完成。

婚約披露の会で着たものよりも見事な一式で、とてもひとりでは着られない。橘邸の女房がふたり、着るのを手伝ってくれる……というかほぼ、おまかせ状態で実瑚はされるがまま。

衣が一枚、また一枚と重ねられるたびに緊張が高まる。

正装で出かける場所とはどこなのか。橘さまは、こちらの下働きではないの？

「この子、髪だけは見事ね。うるさいぐらいに多くて」

母が丁寧にお手入れをしてくれた髪である。実瑚としては、庶民同然の娘がどうしてそこまでするのか不思議に感じていたが、髪がうつくしいのは美人の絶対条件であるらしく、貴人に嫁ぐならば必須らしかった。

橘さまも、髪のうつくしい女性が好みかしらと妄想し、でも恥ずかしくなって、すぐに否定。

正装した実瑚を、橘さまは笑顔で迎えてくれた。

「うつくしいですね。輝いている。よく似合うし、髪がおきれいだ」

「ありがとうございます」

「わたしの父がいる場所はすぐ近くです」

実瑚は牛車（ぎっしゃ）に同乗した。慣れない実瑚に橘さまが付き添ってくれるので心強い。

橘さまも狩衣（かりぎぬ）から冠直衣（かんむりのうし）にお召し替えなさって、うつくしさがさらに際立っている。

白い直衣は裏地が二藍（ふたあけ）で唐渡りの綾織物（あやおりもの）だろうか、花の文様が浮いて見える。

もしかしてこの御方、とんでもなく高貴なのではと疑ってしまう。でも、実瑚の家で雑魚寝できるぐらい大らかな方だ、それは勘ぐり過ぎか。

ご褒美ってなんだろうか。いいえ、蘇は喜んでもらえるかしら。雑念は振り払い、まずは丁寧に。

連れて行かれた場所は、宮中だった。

二、甘いお誘いにはご注意を

甘かった。

甘かった、甘かった！

実瑚は激しく悔やんだ。どうして引き受けてしまったのか。行き先が宮中だったとは聞いてない。聞かなかった自分も悪いけれど。

宮中は、本家と比べ物にならないぐらい広くて、きらびやか。

大きな殿舎が連なっていて果てが見えない。ひとりになったら迷子確定。そして、どこまでも目映い。多くの人が働いている気配もする。

場違い感しかなくて、肩身が狭い。出される食事もきっと豪勢に違いない。自分が作った甘味が受けると思えない。十枚以上重ねた装束はずっしりと身体に響く。早く帰りたい。

いやだなもう、意味が分からない。泣きたくなってきた。

「姫、お父上はなんと言ってあなたを送り出してくれましたか」

穏やかな顔が隣にあった。そうだ、心を強く持たなければ。

「ええと、『胸を張って、己を信じよ』、です」

「わたしの父を、姫は助けてくれると確信しています。よろしくお願いします」

まさか、と謙遜したかったけれど、状況は許してくれなかった。

徐々に、陰鬱な空気が濃くなった。良くないどころか、とても悪い。近づきたくない場所が目的地だったときの絶望感。実瑚の勘が、不穏なものを捉えている。

「慣れなくておつらいでしょうが、姫はこの空気を変えてくれる方だと信じています」

初めての宮中。穂積の牛車はとある門の前で止まった。この後は徒歩だと説明を受けたが、だいぶ奥深くまで乗せてもらえたらしい。不慣れな装束がつらいので、歩く距離が短いととても助かる。

顔にかざした扇の隙間より、荘厳な殿舎が見え隠れして、自分が物語の中にいるような感じがした。床は磨き上げられて面が輝いているし、塵ひとつ落ちていない。柱の木目すらうつくしい。実瑚は橘の実が入った壺をぎゅっと抱き締めた。

案内された建物に入り、橘さまの父上があらわれるのを待つ。

もとは広い部屋だったようだが、壁際に長櫃が何段も積まれていて本来は客人を通す場所ではなさそう。急な訪問のせいか、ばたばたしている。それにとにかく室内が暗い。外は晴れているし昼間なのに、ほとんどの格子をぴたっと閉めてあった。

「出て来ませんね、まったく。お待たせしてしまい、申し訳ありません」

「私が突然訪れてしまって、ご迷惑なのでは？」

「いえ、引っ張ってきます。ご心配なく、今のわたしは頗る調子がよいのです。父ひとりぐらい難なく運べます。昨日はよく眠れたし、身体も軽いし、頭が冴えている。姫、あなたのおかげです。美味な時間をありがとう」

「それを聞いて、私もほっとしました」

「あいつ、面倒がって駄々をこねているに違いありません」

……あいつ？　め、面倒……駄々？

するすると滑るように板張りの廊下を品よく歩いていた橘さまだったが、今だけは少々荒っぽく足音を立てると御簾の向こうへ怒鳴り込んだ。なにやら声が聞こえる。父上のものだろうか。

実瑚は肩を竦めて待った。やっぱり、来ないほうがよかったかも。

ひとりで帰るにはどうしたらよいのか案じていると、御簾が巻き上げられた。

「姫、紹介しましょう。これが私の父です」

がっちりと橘さまが支えて、いや小脇に抱えている中年の男性。お顔がどことなく似ているのでそれと分かる。人前には出たくなかったようで、じたばたしていた。

遠目にも、光沢があって艶めいた、上質の白い直衣を着ていることが見て取れた。直衣にしては裾が長く、全体的なつくりもゆったりとしていて、実瑚は珍しい形だなと感じた。

「初めまして、土御門家の実瑚と申します。本日は、私が作りました甘味を献上したく……」

考えて用意してあったはずの自己紹介がうまく言い出せなくて、ことばが詰まってしまった。けれど、それ以上の説明は要らなかった。

「やめてくれ！　もうたくさんだ」

突然の大声に、怒られたのかと思った実瑚は身構えた。橘さまの父上は癇癪を起こしていて、実瑚の話を聞いていなかった。

「驚かせてしまって申し訳ありません、姫。気鬱と説明しましたが、これはただの引きこもりじじいだ。本来居るべき御座所を出て、こちら『安福殿』という侍医の控えの間に逃げ隠れている情けない奴」

「下ろしてくれ、我が息子よ。頼む」

「では、おとなしく座ると約束するか」

「するする」

橘さまの父上はやっと茵の上に座ってくれた。父上が逃げられないように、橘さまは鋭い表情を崩さないまま、真横に控えた。

「こちらの姫が、素晴らしい甘味を作ってくれました。どうか姫、近くへいらしてください。土御門家の姫君です」

扇を閉じて膝行する。歩いたほうが早いし自然なのに、貴人の邸では膝を立ててそろそろ歩くそうだ。長い袴を引きずりながら、御簾ぎりぎりまでゆっくりと進む。

「土御門の……？　おお、なんという美少女だ」

いきなり、橘さまの父上は手を叩いて実瑚を褒めた。少女と呼んでいい年ごろはやや過ぎているし、恐縮してしまう。実瑚が小柄ゆえ、そう映るのかもしれない。

「ありがとうございます」

お礼を述べた後、気持ちを入れ替える。蘇を準備しなければならない。

「そなたがこのように愛らしい姫君と付き合っているとは知らなかったぞ。浮いた噂がひとつもない息子を、父は心配していた。そうか、意中の姫はいるのだな」

父上が冷やかしたものの、橘さまは思いっきり無視した。

「すまないが姫、器はこちらを使ってください」

昨日の橘さまよりも、父上はさらに顔色がよくない。目も虚ろだった。手で触れなくても観える。全身に悪い水が滞っている。心に大きな悩みを抱えているようで、食が細いというのも事実だろう。

実瑚は持参した蘇を食べやすい大きさに切り分け、最後に橘蜜を注いだ。

「私が作った蘇に蜂蜜をかけました。橘の実の果汁で酸味を効かせてあります」

蘇を載せた器を橘さまに返し、一礼する。

「わたしもいただきましたが、美味(おい)しかったです。このわたしにも美味だと感じたぐらい、滋味でした」

「蘇、か」

ため息をついてしまった父上を見て、実瑚は悟った。この御方、ものすごく高貴なのではないか、と。蘇なんて食べ飽きている感が滲(にじ)み出ている。高級品なのに。

「よく聞きなさい。甘味には、橘邸で取れた実を使っている」

橘さまのひとことは、そっけない態度を示していた父上の琴線に触れたらしい。

持参した橘の実を、橘さまは壺から一個取り出して父上に渡すと、父上は実の香りの高さを味わった。

「あの邸の橘は花も実も見事だと、橘姫(たちばなひめ)も話していた……昔懐かしき良き香りかな」

「母の話はのちほどゆっくりと聞きましょう。さあ、召し上がって」

「姫、いただこう」

父上は蘇をひとくち、掬った。口に入れると、一瞬止まってそして驚いて、次にはだらりと目尻を下げた。

「これは、食べたことがない美味！　甘いが、きりりとした酸っぱさが蘇によく合う。姫、ありがとう。我が息子も、でかしたぞ」

先ほどまでぐずぐず……いや、気だるそうにしていたのが嘘みたい。美味だ美味だと噛み締めるように蘇を食べている。

「あの、橘の実の皮を煎じて作った飲み物も作れますが、ご一緒にいかがでしょう」

「飲むぞ！　これ、湯を用意しろ」

ご機嫌になった橘さまの父上。笑顔を見られて、実瑚もようやくほっとできた。

お湯をいただいて手作りの飲み物を供す。実瑚なりの『お茶』である。そもそも茶というのは、砂糖同様に大変高価な品で庶民には手が出せない。普段は湯を沸かして作った白湯で水分補給する。

茶とは、飲用すると落ち着くらしいので味気ない白湯を美味しく飲めるよう、橘の実の皮を使って工夫を加えてみた。

「さわやかな味わい。口当たりもよい。もはや茶の領域。『橘茶』と名付けよう」

満足げに頷いている父上に、茶としての称号を得たばかりか名前までいただいてしまった。

その隣で橘さまも頷いている。今、初めて飲んでもらえた。昨日は実瑚の父が割り込んできて酒宴となってしまい、お出しする機会を失ったままだった。

「我が庭にも植えてある橘の、しかも実の皮が味わい深く化けるとは。これまでは、鳥がついばんでいました。落ちた実は捨てさせていたし、もったいないことをしていたな」

「そうそう。橘の香りは昔を思い出させる、のう？」

父上は笑みをたたえて橘さまを凝視している。なにか裏がありそうな含み笑いのように思えるが、実瑚の気のせいだろうか。

「姫、今すぐに我が息子の妻になってくれないか。そなたのような女性に息子を任せたい。こやつは堅物で、反故（ほご）同然となった昔の約束にこだわっていてね。新しい恋が必要だと、常々感じていたのだ」

「新しい恋に興味はありません。父上はお人が悪い」

「そなたをからかうのは楽しい」

「元気が出たようなら、早く常の場所にお戻りを」

「いやだね。姫、どうだろう。少々偏屈だが未婚、なかなかの好物件よ」

橘さまには婚約者（いいなずけ）がいる？　それは、いるだろう。この年齢でこの美青年っぷり。いないほうがおかしい。というか、妻はまだいないの？　ひとりも？　実瑚は改めて橘さまを見つめた。こちらが恥ずかしくなるぐらい、きれいな人なのに。

「い、いいえ。私は庶民です、とんでもない。宮中に出入りできる身分ではありません。今日だって、橘さまがどうしてもとおっしゃるので」

謙遜ではなく、事実だった。

「父上。姫の母君は土御門家の者、父君はとある事情で還俗した御方。姫も貴族の一員に間違いありません。姫は陰陽道と宿曜術、双方の血をひいた稀有な占い師。当今の世に舞い降りた伝説の鳥、鳳凰です」

誇大表現過ぎると実瑚は反論しようとしたものの、橘さまの父上は興味深そうに実瑚をしげしげと眺めている。

「なるほど。土御門の姫よ、試しになにか占ってみなさい」

「昨日はわたしの体調不良をぴたりと当て、適切に治してくださいました。わたしからもお願いします」

ふたりに占いを迫られてしまい、昨日は偶然当たった気がしてきた。甘味を届けるだけのはずなのに、まさか占いまで望まれる展開になってしまった。

「無理です……私、勉強中の身の上で」

「断るのか、姫よ。ここをどこだと思っている。目の前の朕（わたし）を誰だと？」

ここは宮中、それは分かっている。目の前の父上は、たぶん身分の高い人。

返答に詰まっていると、橘さまの父上は実瑚に憐（あわ）れむような視線を向けた。

「我が息子こそ人が悪い、なにも教えずに連れて来たのか」

「知ったら断られるでしょう。姫が作った蘇を、父上にどうしても食べさせたかったので。親を思う子の心は海より深いのです」

「その心意気は嬉（うれ）しいが、若い姫を騙（だま）すのはよくないぞ。姫よ、朕は帝（みかど）である。我が息子は我が親王、皇太子候補」

このふたりが、帝と親王？　突きつけられたことばに、実瑚は返事ができなくなってしまった。

一方で、すぐには信じられないものの、そうかもしれないと納得する自分もいる。橘さまは品があって所作がうつくしい。父上も口を閉じて座っていると風格と威厳がある。

「黙っていて申し訳ありませんでした。どうしても姫を宮中に招きたかったのです、お許しください」

悪意は感じられない。気弱になっている父上のためになにかしたかった、橘さまのやさしい気持ちが伝わってくる。

「どうか、謝らないでください。戸惑っただけです」

「では、占いを！　さあ、なんでもよい」

「わたしからもお願いします。帝は一度言い出したらきかないお人です。あなたの、ご家族や褒美のためにも」

なんでもいいという曖昧な設定がいちばん困ることを、ご存じないのだろうか。実瑚は帝をそっと睨んだ。不敬にならない程度に。

とにかく、占うしかないようだった。

でも、失敗が怖い。占いたくない。褒美も要らない。けれど、それをしないと帰れなそう。家族に害があっては困る。

「で、では……観ます。お静かにしていてください」

常軌を逸したことはできない。かつての陰陽師が人を生き返らせたり、雨乞いをして雨を降らせたりした、そういう超人っぽい力は持っていない。ただ、気のゆらぎを観てほんの少し助言できるかもしれないだけ。

実瑚は覚悟した。両手を胸の上に合わせて目を閉じる。

ああ、やはりここは悪い気に充ちている。息苦しいはず。こんなところに長くいたら、誰だってしんどくなる。帝がかわいそう。甘味を食べたりお茶を飲んだりしても、ほんのひとときしか改善されない。悪い気を取り除かないと。

悪い気？

ダメだ、深過ぎて観えない。宮中で昔から根を下している争いごとらしい。気のもっと先を辿（たど）ろうとしても悪い気が邪魔をする。

実瑚は息を調えた。

「調息（シャンティ）」

胸に当てていた手を前方に広げてゆっくりとした呼吸に入ると、悪い気とは別の画（え）が観えてきた。

「誰か来ます。なにか、持って……」

ひらひら、そよそよ、風が吹いて衣が揺れている。陽射（ひざ）しが強く、肌にまとわりつくような湿っぽさがある。遠くからなにかが来る……水の上に浮いている、大きな船。船内に積まれたものは……。

「壺（つぼ）！」

そこで瞑想（めいそう）が途切れた。目を開けると、帝がおかしそうにおなかを抱えて笑っている。

「そなた、薄目でこの壺を見ていたか。橘を入れた壺がここにあるだろう、すでに」

「違います、それではありません。硬くて薄くて軽くて、色はたぶん白。洗練された形の壺です。それにもっと小さくて」

身振り手振りも使って必死に、実瑚は瞑想で観た壺の様子を語る。

「大陸渡りの壺の特徴ですね。こちらの壺は普段使いの品ですし」

少しでも品のいい上等な入れ物を探したが実瑚の家には、ぽてっとしたこの壺ぐらいしかなかった。帝の御前に出すことなど、想像していなかった。事前に分かっていたら橘さまの邸で借りたのに。

「大陸？　それなら観えたのは海かも」

「となると、大陸渡りの柑橘でも観えたか」

完全に、からかわれている。違う、壺の中にはまったく別のものが入っている。けれど、そこまでは観えなかったので断言できなくて、もどかしい。

実瑚が困っていると背後から、甘く朗らかな香りがふわっと漂った。誰か近づいてくる気配がした。

「こんにちは、父上さま。薬湯のお時間でございます。まあ、お兄さまもいらっしゃるのね」

さやさやと、衣擦れの音と共に廂の間より颯爽と入ってきたのは、明るい気に満ち満ちた女性だった。

扇で顔を隠さず、普通に立って歩いている。態度も堂々としているが実瑚よりさらに小柄で、まるっとしたお顔が愛らしい。年上にも見えるが、同じぐらいの歳（とし）だろうか。『父上さま』『お兄さま』と呼んだ点からしても、橘さまの妹姫と思われる。

赤みを抑えた淡い色合いの白梅襲（がさね）の小袿（こうちぎ）がとても似合っている。身にまとっている香と合わせて白梅のような人だった。

妹君は小さな壺と碗（わん）が載った盆を持っている。

「壺！」

実瑚、橘さま、父上、三人が同時に叫んだ。

「なあに、大きなお声で。壺がどうかしましたか。おじいさまからいただいてきた、舶来薬入りの白磁の壺ですよ」

舶来、つまり大陸渡り。橘さまと父上の視線がいっせいに、実瑚へと集まった。

「当たりましたね姫」

「これを当てたのか」

なんのことだか分からない、と妹姫があきれている。

「この庶民は何者でしょうか。ここは宮中よ、勝手に出入りしないで頂戴。穢（けが）れるわ」

「十和（とわ）姫、聞いてくれ。この姫が当てたのだ。お前が来ること、大陸渡りの壺を持ってくること」

興奮気味に帝がまくし立てたが、妹姫は冷めている。

「……と、言われてましても、わたくしが常備の薬を持って参る刻だというのはご存じのはず。そもそも、これはどこの誰？　髪はまあまあきれいですが、いかにも正装慣れしていませんというみっともない姿勢で鄙っぽいし、眉も整えずぼさぼさではありませんか。ほら、背筋を伸ばして！」

ばしっと、背中を叩かれた。何枚も装束を着ているので痛くはなかったが、どきりとした。雅やかな雰囲気とおとなしそうな顔のわりに妹姫は、なかなか荒っぽい。

「姫は素晴らしい占い師だ！　そうだ、我が息子専属の占い師にならないか？　息子には公私共に支えてくれる人材が欲しいと考えていたところだ」

「わたくしの話を聞いていらっしゃいませんね、父上さまったら」

妹姫が苦言を呈したくなるのはもっとも。実瑚は申し訳なくなった。

「私は実瑚と言います。本日は橘さまのご依頼で甘味を献上しました。帝、専属占い師なんて私には荷が重いです。用が終わりましたし、そろそろ私は……」

「召し上がったのですか？」

すごい勢いで訊き返してきた。やはり、熱い性格の持ち主のようだった。

「全部食べたぞ、とても美味でね。懐かしい味もした」

自慢気に帝が答えた。

「信じられませんわ。最近、なにをお勧めしても気乗りされなかった父上さまが。もしやあなたは妖術使い？　それとも鄙の化け女狐？　父に取り入ろうとしても無駄ですわよ、全然権力がないもの。政治の実権は、院であるおじいさまや大臣たちが握っています。後宮では、后妃たちが皇太子問題で争っていて父の言うことを誰も聞きません。それに嫌気が差して安福殿に逃げてきたのが、目の前にいる引きこもりの今上帝」

「十和姫、やめなさい」

橘さまが妹姫を注意した。

蘇を食べて占いの的中に喜んでいた帝だったが、妹姫の発言が心に刺さってしまったようで脇息にもたれかかって項垂れている。妹姫の指摘はすべて当たっているらしい。かわいそう。

帰りたいけれど、困っている帝を見捨てていいのだろうか。いいえ、ここは宮中、雲の上の出来事。下っ端貴族の実瑚にはどうしようもない。

「納得いきません。それとも、お兄さまが狙いかしら。お兄さまはダメですわ。約束を交わした婚約者に一途ですもの。少しかわいらしいからって図々しい娘だこと」

「こちらの姫には無理をお願いして来ていただいたのだよ。わたしたちが父に、いくら食事を勧めても食べてもらえなかったではないか。十和も感謝しなさい」

「わたくしだって、常備薬が切れたって聞いて、おじいさまの御所まで急いで薬を取りに行ったのに。なぜ、こんな娘をちやほやするのですか」

「……十和。薬湯を」

脇息の上で、帝(みかど)は弱々しい声を吐いた。名前を呼ばれた妹姫は嬉しそうに薬を用意する。壺から匙(さじ)で取り出した白っぽいものは、砂のようにさらさらしている。数杯分投入し、熱めの白湯(さゆ)で溶いて帝に捧(ささ)げた。

「どうぞ、父上さま」

　実瑚も、父の手伝いで薬を扱っているせいか、分かる。明らかに量が多かった。一度に使っていい量ではないのに、帝がご機嫌で飲んでいる様子にも引っかかる。薬が美味(おい)しいなんて、ある?

「うむ、やはり舶来薬は違うな。典薬寮(てんやくりょう)の薬師が煎じたまずい薬など飲めぬ。ああ、生き返るわ。十和、おつかいご苦労だった」

「いいえ。薬が切れる前に補充できなかった、わたくしの管理も手ぬるかったです」

「お前たちも飲むがいい、これは万能薬だ。占い師の姫も飲んでいきなさい、寿命が延びるよ」

強力に勧められて実瑚も舶来薬を飲むことになった。橘さまだけは身体の調子がいいので薬は要らないと断っている。

実瑚に飲ませるのは不服そうだったが、妹姫が薬湯の碗を渡してくれた。上澄みは透明だが、碗の底に溶け残った薬が白く沈んでいる。

そっと口に運んでみると、口当たりはやわらかくて飲みやすい。

……甘くて、美味しい。帝の言う通りだった。

自分が知っている薬とはまったく違っていて驚いた。

実瑚の父は草木を煎じて薬に使う。それらはほぼ、苦いか渋い。子どもはもちろん、おとなだって飲むのを嫌がるぐらいにきつい味と匂いをしているのに。

「美味だろう？」

笑顔で帝が声をかけてきたので、実瑚は『はい』と頷いた。

「こんなに甘い薬があるとは初めて知りました」

「疲れているときは、いっそう身体によく沁み渡る。もっとも、姫のような若い娘にはまだ早いか」

おどけながら、妹姫に二杯目を要求する。

「飲み過ぎですよ、いくら万能を謳っているとはいえ」

橘さまがやんわりと諫めた。そうなのだ、ひとくち飲むと次が欲しくなる。不思議な薬だった。ほんとうに薬なのかどうか、実瑚には分からなくなってきた。

「先ほどの話の続きだ、姫。最近、宮中ではいろいろあって。その、いろいろを解決できぬ朕が悪いのだが、朕が次の皇太子に望んでいるのはこの親王。どうか力になってくれないか。頼れる味方を増やしたい」

縋るような目で見据えられ、実瑚は困惑した。

困っている人を助けるのが実瑚の家の方針……けれど、今回は背負うものが大き過ぎる。それに、今の帝に必要なものは占いではない。

「私のごとき者を認めてくださったのは嬉しいのですが、帝には占いや薬よりもっと大切なことがあります。こんな薄暗いところに潜んでいては気が滅入ります」

日中の屋外はさわやかそのもの。実瑚は閉まっていた格子状の蔀戸を次々と開く。室内に光が差す。風が心地よい。

帝は眩しそうに眼を細めた。荒療治を通り越して暴挙だったかもしれない。お咎めは覚悟の上だ。

「外はこんなに明るくてうつくしいのに。なぜ一歩を踏み出さないのですか」

実瑚は訴えた。帝は放心し、妹姫は扇で顔を隠した。

「姫のおっしゃる通りですよ、帝」

橘さまは実瑚を支持してくれた。次に上げようとした蔀戸にかけた手を、ゆっくりと押さえる。

「後ろだてがなくて身分の低かった母は、後宮でいじめられました。それでも、最期まで笑顔を絶やしませんでした。父上も難しいお立場でいらっしゃいますが、わたしと十和姫が支えましょう。こちらの姫も一緒に……土御門の姫をわたしの妃（きさき）にして帝のお力になります」

触れていた手にぎゅっと、新しい力が込められた。強く、あたたかいぬくもり。心地よくていつまでもこうしていたいような気持ちにさせられる。観たくないのに、橘さまの強い決意が実瑚に流れてくる。妃……、きさき？

「『きさき』って、どの『きさき』ですか」

的外れな問いだったようで、橘さまは目を丸くした。

「昔に約束したとはいえ、状況が変わりました。根回しが必要ですので、まずはわたしの占い師としてそばにいてください。いきなり婚約者として留め置くと、周囲に反対されるおそれがありますからね。その点、占い師ならばどの家でも雇っていますので都合がよいです。万事調ったら、親王妃として電撃お披露目しましょう。楽しみですね」

一点の曇りも乱れもない笑顔だった。病弱な父上に甘味を差し上げる件が、いつの間にか結婚話にまで昇華していた。『昔に約束』って、なに？

「待ってください。橘さまはご婚約しているのですよね、そちらはどうするおつもりですか。私も、一応は決められた相手がいるのに」

「心配は要りません、これは運命です。ふたりの絆は断ち切れなかったということです。今のわたしは、とても感動しています」

感動している場合ではない、早く逃げ出さないと。

橘さまは勘違いしている。

自分は期待ハズレの未熟な占い師で、甘味が好きなただの庶民。皇太子候補の親王妃なんて務まらないだろうし、身分やしきたりでがんじがらめになっている貴族階級に認められるはずもない。橘さまの母君のようにいじめられる可能性だってある。怖い。

「私は本家を支えなければなりません。それまでは実家暮らしを続けたい」

「本家？　土御門家ですか。わたしたちの子を養子にして後継にすればよいだけです」

おそるおそる、橘さまの目の色を窺う。単なる妄想ではないようだった。

「お兄さま、庶民を妃にするとは、どうかなさいましたか。おかしな妖術でもかけられたのではなくて？　やはり、狐のあやかしなのだわ！」

妹姫が橘さまの判断を疑っている。おかしな妖術と狐のあやかしは言い過ぎだけれど。

「我が息子ながら考えたな。そなたの妃は、名家の姫ではないほうが都合がよい。派閥争いに巻き込まれないで済むし、稀有な才能の持ち主とあれば百人、いや千人力」

実瑚を気に入った帝は賛成している。この際、狐に化かされた真似でもして逃げようか。とにかく、握られた手を解きたい。

「帰ります、私。帰りたい」

振り解こうと、手を引っ込めたり引っ張ったりを繰り返す。お互いの手は少し離れて握られて。橘さまは終始余裕そうで、実瑚は勝てなかった。遊ばれている感さえあった。

「この手のひら……」

咄嗟に、実瑚は五本の指を折って拳を作った。星のほくろを見られた？　橘さまは、ほくろの意味を知っている？

「なるほど。運命というものは、飛び込んでくるときもあるのですね。十和、姫を連れて桐壺で待ちなさい」

「庶民風情をわたくしの部屋に通したくありません。お断りです」

「これは、兄妹だけの問題ではない。この国のためだ」

意見を変えない兄を怪訝そうに睨んだ後、妹姫は観念したかのように実瑚の装束の端を握った。

「はい、確保。お兄さまのためならば仕方ないわ。わたくしの桐壺へ案内します。ついてきなさい」

数人の女房に囲まれてしまい、実瑚は押し流されるようにして運ばれていった。

★★★

実瑚と十和姫が去り、静寂を取り戻した安福殿では穂積と帝が対峙している。

「やれやれ、とんだ茶番を見せつけられた気分だ。なんだ、『橘さま』とは」

「『穂積』と名乗っては悟られてしまうので、邸の前で偶然出逢った勢いで『橘』と名乗ったまでです。鈍感な姫は、わたしが婚約者であることにまだ気がついていません」

「早く気がつかれたほうがよいではないか。なぜわざわざ遠回りをする」

意味が分からないといったふうに、帝は首を竦めた。

「できれば、姫から思い出して欲しいのです。思い出の中にいた婚約者がさらに凛々しくうつくしくなって目の前にあらわれた、と驚く顔が見たくて」

「……妻のひとりに迎えるなら分かるが、妃にするというのは本気か」

穂積は居住まいを正した。

「はい。唯一の妃にします。実瑚以外、妻は娶りません」

「身分の低い土御門家の姫を妃として入内させるとなると、秘密裡に進めなければならないぞ。そなたを引き入れてのし上がろうと狙っている貴族、あるいは籠絡して飼い殺そうと企んでいる貴族は多い」

「承知の上です。先日も、どうしてもと宴に呼ばれて渋々出かけたら、酔わされて潰れかけたところ、案内された部屋で待っていたのはさる貴族の姫君。あやうく罠に嵌められるところでした」

あの晩の出来事は、思い返しただけでぞっとする。

「ぽっちゃり体形からほどよく痩せて風格が出てきたぶん、皇太子候補としてさらに注目されつつあるのだろう。しかし他人の目は怖いぞ」

「姫には負担がないよう、必ず守ります」

胸を張って堂々と穂積は答えた。

「朕はそれができなかった。愛する妃を死に追いやったのは朕だ」

「ご自分を責めないでください。我々兄妹はこうして成人しましたし、母のぶんまで生きているつもりです。父上も、姫の作った甘味なら食べられましたし、そろそろ内裏へ戻りませんか。政務も滞っていて蔵人が悲鳴を上げています」

「いやだね」

子どものように帝は駄々をこねた。

「ですが、後宮もこのままというわけにはいきますまい。大臣の姫である弘徽殿女御と、皇族出身の藤壺女御とが毎日いがみ合っていますよ」

それぞれ、自分の生んだ親王を皇太子にしようと躍起になっている。

弘徽殿は、院……穂積の祖父を味方につけて後宮の最大勢力となっているが、内実は武家の成り上がり出身。武家の姫が国母になった先例はなく、反対する者が絶えない。これまでの歴史にないこと、つまり武家出身の天皇の誕生となれば、世が乱れるのではないかと危惧されている。

一方の藤壺女御はというと、高貴の生まれだが子が幼くて皇太子の器にふさわしくない。

現在、帝の正妃である中宮は空位。弘徽殿と藤壺、ふたりの女御を中心に繰り広げられている勢力争いを回避するためにも、愛する妃の遺した穂積をひそかに帝は推していた。

宮中には、院の息がかかった貴族ばかりで、帝には頼れる人物がいない。

孤独にまみれて悩み苦しみ抜いた末、思考が停止寸前になり、帝は安福殿へ閉じこもってしまった。侍医の控えの間ゆえ体調に異変があればいつでも診てもらえるし、薬もすぐに出てくる。高価な舶来薬は十和姫が管理しているが、その他頭痛腹痛肩こり腰痛などの諸症状には安福殿の医師薬師が弱った帝を守ってくれている。帝にとっては都合のよい場所だった。

「いつまでもこのままではいられないことは、朕も重々理解している。だが、宮中が怖ろしいのだ。安福殿より一歩外に出ようとするだけで全身が震え、冷や汗が止まらなくなる」

「おつらいのはよく分かります。しかし、姫の言うように部屋を明るくして、たまには身体(からだ)を動かしてみてはいかがですか。毎日、食べものはろくに取らず、薬ばかりでしょう」

「舶来薬は良いのだ、朕の身体が欲しいと言っている。酒以上に美味で朕を喜ばせてくれる」

「薬とはいえ、飲み過ぎはよくありませんよ。高価ゆえ効くとは限りませんし。さて、そろそろ桐壺のほうへ参りますか」

穂積は立ち上がった。

★★★

十和姫は、左右に素早く視線を送った。よし、誰もいない。

……どうしてこのような密偵（スパイ）ごっこをしなくてはならないのかしら、高貴な内親王たるわたくしが。

今朝、父上の常備薬が切れているのを知った。昨日確認した時点では残りがあったので、近いうちにおじいさまの院の御所へ行って分けていただこうと思って準備していたのに、今日になって壺（つぼ）を開けてみたら中身がなかった。夜のうちに、眠れなかった父上がこっそり飲んだらしい。

急いで院の御所を訪ねて舶来薬をいただいた。父上に早く飲ませて差し上げたくて安福殿へ向かった。

そうしたら、異分子がいました。父上と兄に取り入っていました。

どこからやってきたのかもはっきりしない、どんくさそうな娘。

得体の知れない娘と一緒に歩いている様子は、誰にも見られたくない。人目を避けて十和姫は後宮の廊下をこそこそと進んでいる。

娘は十和姫のすぐ後ろを追っているけれど装束に不慣れなようで、着ている裳裾を踏んづけてはつっかえつっかえ歩いている。みっともない。見ているほうが恥ずかしくなるほどの無作法者だった。貴族の姫ではない。人を騙しに来たあやかし狐だと思う。

兄が騙されていると考えるだけで胸の奥がかあっと熱くなり、怒りに火がつく。大切な、大好きな兄があやかし狐の餌食になっているなど許せない。

さっき、兄はとんでもなく血迷った発言をした。『妃にする』、と。『妃にしたい』ではなかった。娘が妃になることは既定路線のような言い方だった。

この娘の、どこがいいのかまったく分からない。

百歩譲って、小柄なところと髪はきれいで褒められる。体格と髪だけはよい。

そのほかには及第点に達していない。とにかく所作がダメ。歩き方がぎこちないし、姿勢が悪いし、扇で顔を隠そうとするものの慣れていないのがバレバレで容貌が丸見え。まあまあ愛らしい顔をわざと見せているのかと疑いたくなる。

装束も全然似合っていない。兄が用意したのだろう、母の遺品の紅梅の装束を着ていた。色目と文様に見覚えがあるし、兄愛用の香りをまとっているのでいら立ちを覚える。この十和姫に黙って母が遺した大切な装束を身分もないような女に貸すとは、ひどい。

「あの、もうちょっとゆっくり歩いてもらえると助かります」

いらいらしていたので早歩きになってしまっていたようで、娘が声をかけてきた。

落ち着きなさい、十和姫。あなたは内親王。人の手本となるよう、常に清く正しくなくてはならない。息を吐いて気持ちを調える。

「宮中では普通の速さの歩みですが」

扇を少しだけずらして軽く笑いかける。嘘に決まっているのに、娘は小動物のように愛らしくきょとんと首を傾げている。

「あ、そうでしたか。不慣れで申し訳ありません。私もがんばって歩きます。橘さまの妹姫さま」

「先ほども不審に思いましたが、なんですか、その『橘さま』というのは」

「兄上さまのことです。そう名乗っておられました」

「確かに、兄が所有しているお邸は橘邸と、またわたくしたちの母も『橘の女御』と呼ばれていましたが、兄の名前は穂積です。穂積親王」

正しい情報を言い渡すと、娘はまた首を傾げた。

「ほづみしんのう、どこかで聞いた覚えが」

「当然です。兄は、未来を嘱望されている帝期待の親王さまですよ。人の噂に上ることも多いでしょう」

「素敵な御方ですものね。私も同感です」

あなたのような庶民はお呼びでないとイヤミを言ったのに、娘は笑顔を絶やさない。兄が戻って来る前に外へ放り出せないだろうかと考えを巡らせているうちに、十和姫の住まいである淑景舎(しげいしゃ)……通称・桐壺に着いてしまった。早歩きしたせいだ。

後宮の北東に位置し、最奥の寂れた殿舎。帝のおわす清涼殿(せいりょうでん)からも遠く隔絶されている感さえある。

生前の母女御は、ここに住まって帝のお召しを待っていた。帝の寵愛(ちょうあい)は深くても有力貴族の出身ではないため、ひっそりと時を過ごしていた。

母が亡くなった後、兄妹(きょうだい)は母の実家である橘邸に引き取られそうになったが、あちらには年老いた縁者しかおらず、ならばおじいさまが面倒を見ようと救ってくれた。ふたりは後宮を離れて院の御所で数年を過ごしたのち、おじいさまが体調を崩したので桐壺に戻った。

元服後の兄は、父上の後宮を出て橘邸を本拠にするようになったものの、今でも訪ねて来て十和姫の話し相手になってくれる。

その兄が、人が変わったようになって庶民の娘を選んだ。

許せない。そんなことは絶対に許さない。

占い師だかなんだか知らないけれど、父上も賛成しているのがさらに気に入らない。おじいさまに言おう。政治的には複雑だが、おじいさまは兄妹をかわいがってくれている。はっきり言って、おじいさまは帝である父上よりも力を持っているので睨まれたら一瞬で人生終わりだ。

「後宮は、女狐が出入りしていい場所ではありませんわ。鄙の化け女狐、早く正体を現しなさい。せいぜい齢百、といったところで化け狐の中では下っ端でしょうね」

兄を慕う一心で、十和姫は娘を糾弾した。

「私は、十七の娘です」

「あなたが十七？　やあだ、庶民にしてもほとんど行き遅れですわね。貴族の姫だったら子どもがいてもおかしくない年齢ですよ」

「そういう妹姫さまだって未婚そうですよね」

「内親王は、高貴な血筋を汚さないために基本は結婚いたしません。知らないのですか。やはり、鄙の化け女狐ですね」

心細くて、不安で、実瑚は怯えていた。

だが、女狐と罵倒されてはもう黙っていられなかった。にわか姫君の仮面を脱ぎ捨てると決めた。橘さまに嫌われるかもしれないことを思うと悲しいが、我慢ならない。

「私は庶民ですが普通の人です。狐でも、あやかしでもありません」

睨みながら実瑚が宣言したので、十和姫は驚いた顔つきをした。

「な、なによ。わたくしに言い返すのですか。あやかし狐が『私は化け女狐です』と素直に認めるはずありませんものね」

「私が化け女狐なら、あなたは小柄で丸顔の『豆狸』ですね。豆狸姫」

身分差も顧みず、実瑚は十和姫に反撃した。

「なんですって、この庶民が。いえ愚民。私は内親王よ」

「それがどうかした？　あなたが実力で勝ち取った地位でもないのに。あなたの父上は、あんなに狭くて暗いところに引きこもってよい御方ではない。それを、薬でごまかすなんて」

「説得はいつもしていますわ。父が頑固に内裏には帰りたくないと強く訴えるし、わたくしだって困っていますの。それに、あの薬は貴重なのです。あなたのような愚民風情が飲めるものではありません」

視線を絡み合わせたまま、十和姫も実瑚も引かなかった。

「舶来薬が珍しいものだというのは分かった。でも、甘過ぎると思わない？　甘いものが好きな私でも、怖れを感じるほどの味わいだった」

「特別な薬が特別な味をしている……別におかしなところはありません。父や兄におだてられたからって、調子に乗らないで頂戴。兄には将来を誓った愛しの婚約者がいらっしゃるの。とてもかわいらしい人だと聞いています」

どきりとした。実瑚は胸が痛む。橘さまには意中のお相手がいるのは、ほんとうなのだ。住む世界が違うという事実を突きつけられるのは苦しい。

「早く出て行きなさい。恐れ多くて逃げたということにしてあげます。帰りたいのでしょう、狐のねぐらに」

心がぐらついて、十和姫から視線を逸らす。

もちろん、帰りたい。実瑚がいなくなったら東山の家は人手が足りなくて大変なことになる。今度収穫しようと目をつけていた最後の栗、早く取らないとほかの動物に食べられてしまう。あたたかくなって草木が芽吹くこれからの季節は山が楽しいのに。

帰りたい、心の奥底から実瑚は叫びたかった。

けれど、橘さまや帝は困っている。体調を崩し、立場も厳しくて悩んでいる。そんな人たちを放って逃げ帰ってもよいのか。

橘さまたちの痛みを知ってしまった以上、見て見ぬふりはできない。

実瑚にも、できることがあるような気がする。顔を上げた実瑚は、十和姫の目を射るように見据える。

「逃げません。もう少し、橘さまのお話を聞いて、できることはお力添えしたいです」

実瑚は決めた。落ち着いたら、自分のことだけを考えている自分がいた。それはダメだ。今の実瑚の占いはあてにならなくても、信じてくれる人が生まれようとしている。応えたい。

「庶民、いえ女狐の妄想はただのきれいごと。思いつきの域を越えていませんわ。後宮を知らない女狐ならば仕方ありませんけれど、間違っても二度と来ないよう、ここは怖ろしい場所だと教えて差し上げます。ほら、装束を脱いで返しなさい」

十和姫は脇に控えていた女房たちに、実瑚の装束を身ぐるみ剝がすように命じた。

女性にしては腕力に自信がある実瑚とはいえ、数人がかりで襲われては抗えない。

ちょっと待って、もしかして小袖姿で内裏の外に放り出されるの？　いくらなんでも恥ずかしい。

「ねえ、待って豆狸……じゃない妹姫」

『待って』と言われて待つ人がいますか。これはやっぱり母のお召し物ね、もったいないわ」

表着が脱がされ裳（も）も外され。実瑚の装束が一枚、また一枚と奪われてゆく。

「十和、何をしている！」

居合わせた全員が、びくりとするほどの大きな声が桐壺に響いた。

橘さま、改め『穂積さま』と呼んだほうがいいのかもしれない。穂積親王がやって来た。女房が持っている袿（うちぎ）を一枚取り上げると、実瑚の肩にそっとかけた。身体（からだ）の震えが伝わったようで、穂積さまは実瑚の背中を撫（な）でて宥（なだ）めてくれた。

「姫はわたしの大切な人。荒々しい真似（まね）をするな」

十和姫に対し、ひどく怒っている。目つきが怖い。

「ですが、その娘が母の装束を」

「わたしが、着るように貸したのだ。これを着るのが気に入らないのか。ならば別のものを用意しろ、早く！」

お付きの女房が慌ててほかの装束を取りに行ったのを確認すると、穂積さまは実瑚に向き合った。

「遅くなって申し訳なかったですね。妹がとんだ失礼を働いてしまったこと、謝ります」

丁寧に、穂積さまは深々と頭を下げた。

「やめてください、そんな。私のような者が後宮にいるなんて、妹姫さまのお怒りはもっともです。協力できそうならばできる限りしますが、今日は家に帰して」

「できません」

即答はやめて欲しい。なぜ、強く言い切れるのか。

話が長くなりそうだと感じたのか、穂積さまは十和姫に部屋を出るよう命じた。

不服そうに十和姫は黙って出て行った。大好きな兄の機嫌を損ねたくないのだろう。未練ありげなじっとりとした瞳でこちらを何度も振り返る様子がいじらしかった。

「わたしは、すでに姫の御身をご両親から託されています」

「まさか。あれは『今日のところはよろしく』って意味合いでは？　結婚とか妃とかそんな大それた意味はないって」

「……鈍感ですね。あなたは、そういうふうに受け取ったのですか」

父と母が、穂積さまにこの身を渡したとでも？　信じられない。信じたくない。

「姫は後宮に滞在してください」

「困ります。占いの勉強もしないと、私」

熱が入らない勉学とはいえ、本家のおじいさまが待っている。これ以上占いがおろそかになったら、実瑚の婚約者が愛想を尽かしてしまいそう。

「勉強がしたいならばこちらで続けてください。教材を取り寄せますし、なんなら陰陽(おんみょう)道(どう)や呪術に詳しい者を講師として呼びますよ。ちょうどいい、ついでにお妃教育もはじめましょう。あなたの存在は必ず今後のわたしの要となる。お披露目できるときまで、なるべく隠しておきたいのです。人少なの桐壺ならば都合が良(い)い」

どうしても押し切るつもりのようだった。実瑚は切り札を使うことにする。傷つけてしまいそうなのがつらくて、穂積さまを直視できずに俯(うつむ)く。

「昨日も言ったと思うけど、私にも婚約者がいます。ですから、橘……穂積さまとは縁を結べないの、ごめんなさい！」

……言った。言って、しまった。言ってしまった！　できれば言いたくなかった。顔を見るのが怖い。せっかく実瑚に期待を寄せてくれているというのに、返せるものがない。

「それがどうかしましたか」

ちっとも動じていない、落ち着いた穏やかな声。驚いて、つい顔を見上げてしまった。

穂積さまは機嫌が良さそうにしている。余裕があった。

「もしかして、強引に婚約破棄でも狙うおつもりで？」

親王という地位を振りかざし、実瑚のお相手に圧力をかける心づもりなのかもしれない。

「手荒なことはしませんよ。あなたの婚約者は『親王さま』でしたよね」

「おっしゃる通り、私のお相手は『親王さま』だったはず。やさしいお声で、ふわふわのお手をしていて……夏、花橘の季節に出逢った御方……え、橘？」

自分が発したことばに実瑚は驚いてしまった。

婚約を交わしたとき、庭には白くて小さくて愛らしい橘の花が無数に咲いていた。本家の軒を越え、空に向かってこんもりと深い青色の葉を茂らせている橘の木の記憶がある。

「橘が咲いていましたね。たくさんの蝶や虫が蜜を吸いに集っていて、命の息吹を感じました」

穂積さまの声はいっそう朗らかになってゆく。実瑚が口にするだろう、次のことばを待っている。

言ってしまっていいのか。

違うかもしれない。違ったらどうしよう。でも、実瑚の想像が合っていたらそれもそれで怖い。

「あなたが、私の親王さま……なの？」

満足そうに、穂積さまは頷いた。

「ようやく思い出していただけたようですね。わたしがあなたの婚約者、穂積です」

　実瑚は穂積の姿を凝視した。

　記憶の中の親王さまと全然違うが、名前は確かそんなふうな響きだった。披露の会を抜け出して集めた本家の子どもたちと遊んだ記憶の断片が残っている。『穂積』と何度も呼びかけた気もした。

　手が違う。ふわふわでやわらかかったのに、今の穂積の手は大きくて骨っぽい。

　声が違う。声だって、もっと高く響いて明るい印象だったのに、しっとり落ち着いている。

「信じられない。覚えている親王さまと違う」

「久しぶりの再会になってしまいました、姫。お元気そうでなによりです。そして、うつくしくなられた」

「私が婚約者の実瑚だって、穂積は気がついていたの？」

「橘の木の下で実を手にしている姿を見て、すぐに分かりました。あなたの父君も母君も、わたしの正体についてはすぐに気がつかれましたよ」

「知らなかったのは私ひとりだけ？　教えてくれればよかったのに、恥ずかしい」

　思い出せなかった自分が悪いとはいえ、誰も教えてくれなかったことは少し恨めしい。

「初対面の好青年を演じるのも、なかなか面白かったですよ。冷静にあなたの様子を観察できましたし。ただ、会った男をいきなり家に連れ込むのは二度とやめてくださいね。たとえ相手が困っていても絶対に禁止します。ああ、それ以前にひとりで町を歩くのはダメです。都は昼間でも危険ですよ」

説教の時間に入ってしまい、実瑚はしょんぼりとした。婚約者というよりも保護者に近い気がする。

「聞いていますか、姫？」

「ええ、聞いているわ。でも、私は分からなかった。穂積、全然違う人みたい。昔の面影がまったくないもの。昔はもっとぽっちゃりさんでしたよね。相撲の力士みたいな」

「いくらなんでも相撲ではなかったと思いますが。披露の会後、背がだいぶ伸びて声も低くなりました。力を貸してください、姫。帝は窮地に立たされておいでです」

逢いたかった人から占いの力を頼られるのは嬉しいものの、不安だらけで素直に喜べない。

「……力にはなりたい。でも、後宮に居残らなくてもいいよね？」

「ダメです。あなたの身を確保したい。わたしの姫、つかまえた」

ふわっと、穂積の広い胸に抱き締められてしまった。甘々な展開にむせてしまいそうになる。昨日までは、山を駆け巡る元気が取り柄の粗野な娘だったのに。

高鳴る鼓動が聞こえてしまったらどうしよう。息を止めてみるが、さらにどきどきしてしまった。

「もう離しません、未来のわたしの妃。観念してください。わたしが誰かよく分かったでしょうに。昔の約束を共に叶えましょう」

「……穂積」

「ただの穂積ではありません、『帝の信頼厚い穂積親王』です」

橘の木の下で出逢ったときから素敵な御方だと思ったけれど、婚約者本人だったなんて。眠っていた記憶が呼びかけていたのかもしれない。『この人と離れないで』って。

＊＊＊

「では説明しましょう」

甘い雰囲気は、ほんの一瞬だった。

実瑚と穂積は距離を置いて向き合って座っていて、手を伸ばしてもたぶん届かない。師と弟子のごとき隔たりがある。

それには理由があった。

「どうぞお兄さま。小袖姿のままで男性と抱き合うような、はしたなくて鈍感な娘の頭にもよく入るように、詳しくお願いしますわ」

別室で盗み聞きをしていた十和姫が乱入してきて甘い雰囲気を壊したからだ。たぶん、どこかで聞かれているとなんとなく感づいていたものの、甘々のいちばんいいときに……実瑚と穂積を引き剝がした。

さすがの穂積も苦々しい顔つきになっている。笑顔たっぷりで座っているのは十和姫のみ。しかも穂積が実瑚に寄り添ったりできないよう、鋭く目を光らせていた。

不意打ちとはいえ、穂積の腕に包まれてしまったのは軽率だったと実瑚も反省中である。

「……姫の持つ、占いの力を我々に貸してください。帝は宮中で孤立しています」

こほん、と穂積は咳払いをした。

「できることはしますが、どうやって穂積のお手伝いをすればいいの？」

もぞもぞと、新しい袿に袖を通しながら実瑚は尋ねた。

「現在、院のおじいさまが権力を握っています。父の帝がいらっしゃる宮中ではなく、院の御所がこの国の中心。人も財も、あちらに集まる一方です。どうしたら穏やかに速やかに円満に解決できるか占いなさいよ」

「そんな難しいことはできません。一流の陰陽師だってできないと思う」

実瑚は首を横に振ったが、十和姫は毅然と反論する。

「なんとかするのがあなたの使命でなくて？　あなたが兄の婚約者とは、わたくしは絶対に信じません。証拠を見せて頂戴」

「私に観えるのは、ほんの少しの気の揺らぎや水の流れぐらいなの。普通の人よりも触感が鋭いと言えばいいのかな、手のひらで感じたものを知識と照らし合わせる……といったところで」

「学問の進み具合によっては今後、占えることが増えるかもしれないですね、姫」

「なくはない……かも。がんばります」

十和姫が、がっかりしたと言いたそうに大きくため息をついた。

「あやふやな占いですわね。お兄さまは、こんな娘に期待するのですか。使えるのかしら」

「力のある術師はほとんど、おじいさまを支持する大臣が押さえている。不要な争いは起こしたくない。姫、手のひらを十和姫に見せてください。この星は優れた術師のしるしですよ」

人に見られないよう、手のひらのほくろの存在はできるだけ隠していたのに、やっぱり穂積は目敏かった。星を十和姫に見せたが、反応は芳しくなかった。

「これが、占い師の星？　それよりあなた、なにか占ってみてくださらない？」

さすが父娘。十和姫は帝と同じことを言い出した。

「すみません、占いは一日一回しかできなくて」

「一日一回とは、意味が分かりませんわ」

一体、どこがすぐれた術師なのかと、冷ややかな視線を投げて寄越した十和姫に、実瑚は傷ついた。力量不足なのは自分がいちばんよく知っているのに、何度もダメ出しされる始末。

身分も、美も、才も、なにも持っていない実瑚にとって、後宮は息苦しい場所でしかなかった。帰りたい、早く家に帰りたい。涙がこぼれそうになるのを必死でこらえる。泣くな。

「いいのです、無理に占わなくても。姫は掌中の珠、秘蔵の宝。感じたことは、わたしに随時教えてください」

穂積のことばに、実瑚はおそるおそる顔を上げた。やさしい、穏やかな顔がそこにあった。運命の相手がそばにいる。なにを怖れていたのだろうか、もやもやしていた感情が吹き飛ぶぐらいに嬉しい。

「わたしの目の届く場所から離れないで欲しいのです。あなたの家にはわたしが事情を伝えますし、そのほか根回しは任せてください。十和、桐壺を使わせてもらうよ。折を見て、姫にお妃教育を頼めるだろうか」

「勝手に決めないでください。誰がこんな娘をお世話したいものですか。お兄さまの願いでもお断りですよ」

「十和姫を後宮随一、いや都で一番の姫君だと信じてお願いをしている。身分も地位も高い十和姫よ、あなたの教養と誇りを是非こちらの姫に伝えておくれ」

大好きな兄に大絶賛されると、十和姫は恥ずかしそうに照れた。

「そ、そうね。そこまで言われたら、まあ、考えて差し上げてもよろしくてよ。わたくし二十年の人生を厳しく伝授するというのもなくはないですわね。妃以前に、まずは姫君として育てましょうか」

「十和姫って、私よりも年上でしかも未婚なの？」

実瑚よりも小柄で童顔なせいか、年下かと勝手に想像していた。おおげさに扇で顔を隠すしぐさをした十和姫は、ぎろりと実瑚を睨んだ。

「よろしいですか。先ほども申しましたが、あなたとわたくしでは立場が違います。そもそも、内親王とはいにしえより未婚ではなく、不婚。女帝になる場合もありますもの。そうそうお兄さま、実瑚とは『巫女』を指しているのでしょう？　契りを結んだら占いの才が消える……ということはなくて？　巫女は未婚の娘に限ります。お兄さまの占い師にする価値はあるかもしれませんが、妃には難しいかもしれませんわ！」

　鼻息を荒くした十和姫の鋭い指摘に、穂積は表情を暗くした。

「なるほど。姫、どうなのだ。手が出せない……のかもしれない……ぶつぶつ」

　知らない、聞かされていない。実瑚はぶんぶんと首を強く横に振った。

「分からない。本家のおじいさまはなにも言っていなかったはず。私、ほんとうに穂積の妃になるの？　後宮は怖ろしい場所のような気がする」

　帝が逃げ出した後宮。兄妹の母が命を落とした場所でもある。女性たちの嫉妬やいじめが渦巻いていると聞く。

「姫の心配はもっともです。東山の家は論外として、橘邸は人少なで警備が薄いのでね。あれは母の形見ゆえ手放したくないのですが、寂れていたのを見たでしょう。その点桐壺ならば十和姫や女房たちもいますし、母亡き後は人の噂にも上らないような隅っこの静かな局で、姫を隠すにはむしろ好都合ですね」

　それに、と言いながら穂積は十和姫に流し目を送った。

「十和の手も目も届かない橘邸で、姫とふたりで仲良くしたら十和はさぞかし気になるだろうね。姫をここに置けば監視できるし、姫の様子を見に来るわたしに毎日会えるよ」

「まあ、それは朗報。娘を桐壺で預かりますね。先ほどみたいにわたくしのお兄さまと勝手にイチャイチャされたら、怒りのあまりどうにかなってしまいそう！　お兄さまに釣り合うよう、厳しく教育を施して鄙の化け女狐を一流の姫君に変えてみせます。わたくしに任せてくださいませ」

　すっかり、十和姫は穂積に丸め込まれていた。つくづく、妹姫は兄親王が大好きなんだな……と、ほのぼのしてしまう。

「昔の約束を抜きにしても、わたしの妃には姫がよいのです」

　実瑚と十和姫、ふたりに諭すように穂積は語った。

「院のおじいさまご本人には恨みも妬みもありません。ただ、院の取り巻きである大臣がよろしくない。武家出身の大臣は自分の孫を皇太子につけようと院に働きかけています。大臣の孫、つまりわたしの異母弟は好ましい人柄ですが穏やか過ぎて、帝の器ではありません。加えて、大臣のやりかたが強引です。藤壺女御腹の親王を推す者も多く、貴族たちは結束を失って派閥争いになってしまった」

「次の帝に相応しいのはお兄さまです。武骨な弘徽殿も幼い藤壺も論外よ」

　自信ありげに、十和姫は胸を張った。

「わたしが選ばれるとは決まっていない」

「父上も、お兄さまを厚く信頼していらっしゃるではありませんか。唯一の味方、と」

「十和姫、落ち着いて。いくら人が少ない桐壺とはいえ、どこで誰が聞き耳を立てているか分からないよ」

身を乗り出して小声になった穂積は、十和姫の肩をやさしく撫(な)でた。

「申し訳ありません、迂闊(うかつ)でした。気をつけます」

ひとつ大きく頷(うなず)き、穂積は居住まいを正す。

「ここだけの話、わたしは世を正したい。本来、政(まつりごと)とは帝が行うもの。平らかで、安らかな世にしたい。身分にとらわれず、能力がある者は重用したいし、世の中の意見を広く聞きたい。使用人のような身なりで橘(たちばな)邸の周りをうろついていたのは、町の噂を耳にするためでしたが、おかげで姫に再会できたのは幸運でした」

あの質素な恰好(かっこう)では、親王さまだと気づかれないだろう。化けるのがお上手、となじんでいた。

「それに、後宮を小さくしたい。立場上、歴代の帝は多くの女性を迎えてきましたが、わたしは実瑚だけでいい。妃が多ければ争いが生まれます」

「この娘にお子が生まれなかったらどうなさるの」

「姫とは、唯一の妃として子づくりには誠心誠意励みますが、もし生まれなかったら資質あふれる養子を皇族内から取りましょう」

誠心誠意……励むとは。真顔で告げられると、どう受け止めればいいか困ってしまう。

実瑚は熱くなる頬を手で押さえた。

「政を正した後は、隠居暮らしに入る。姫の愛する甘味を共に愛で、食事間食昼寝付き。鄙の離宮でのんびり暮らしを目指します」

実瑚の全身に衝撃が走った。待望の甘味！　至福ののんびり！　思い描くだけで贅沢で涎が出てきそうになる、いけない。

条件が良過ぎるのでは、と十和姫が穂積に不満を述べている。穂積は姫の大切な一生を預かるのだからこれぐらいは提示すべきだ、と反論してふたりは盛んに言い合っている。

実瑚は穂積に必要とされていることが素直に嬉しかった。それに、婚約を覚えていてくれたことが実瑚の心を打った。

婚約当時は穂積が目立たない親王だったゆえ、土御門家側の熱心な働きかけで縁を結べたものの、今は違う。弘徽殿の武家大臣でも、藤壺を支持する皇族や貴族でもなく、第三勢力の親王として穂積は帝を支えようと立ち上がっている。

「どうでしょうか、姫。わたしと共にいてください」

そしてこの、真摯な眼差し。嘘いつわりも曇りもない、よく晴れた空のように澄んだ目。

信じたい。力になりたい。助けたい。実瑚は素直にそう思った。

「では、もうしばらくここで、様子を見させてくれますか。突然のことで、心が落ち着かなくて。きちんとしたお返事は後日改めて穂積に伝えたい」

「もちろん姫のお心をお待ちしますよ。受け入れてくださるのですね、良かった」

記憶が一致しないので、穂積当人が自分の婚約者だという実感がない。

知りたい。穂積をもっと知りたい。

「あ、甘味を忘れないで毎日持ってきてね。それに厨(くりや)への出入りも許してくださいな」

大事なお願いを付け加えるのも忘れなかった。

＊＊＊

桐壺に居残ることになった実瑚。

ただちに桐壺の一部屋が与えられ、室内を調えてくれた。必要な生活道具が揃(そろ)い、困らない量の着替えもある。

部屋の模様替えを終えると、穂積は用事があるとのことで桐壺を辞した。

「人が少ないので場所は余っていますが」

自分の住まいの一部が速やかに変わってゆくのを見届けた十和姫は不機嫌そうだった。滞在を認めたとはいえ、実瑚は兄の客人で婚約者。兄大好きの十和姫には面白くない展開に違いない。

しばらく実瑚は穂積よりも十和姫と過ごす時間のほうが長くなりそうだった。親しく……は無理かもしれないけれど、快い仲になりたい。籠絡はできなくても友好関係を保っていたほうがいい。

「私を置いてくださってありがとうございます。いろいろ教えてね」

実瑚は笑顔を作って改めて挨拶したが十和姫は気に入らなかったらしく、ぎりぎりと睨んできた。

「わたくしの身分が上、歳も上。それでも、普通の話しことばってどうなのかしら。敬う気持ちはありませんの？　お兄さまに対しても砕けた口調でしたわ。『穂積』などと呼び捨てにしていたぐらいですし」

「それは、ごめん……なさい。いつもの癖で、つい。できるだけ丁寧に話したつもりだけど、穂積は穂積かなって気がして」

「土御門の家で学んでいるのではなくて？」

「あれは陰陽道（おんみょうどう）が中心なの。花嫁修業はまだまだで」

あきれたように、十和姫はふいっと視線を逸らした。

「わたくしがあなたの性根を叩き直しましょう。覚悟しなさい」

居候となる実瑚のために調度品が並んだが持参した荷物はひとつもないので、桐壺はまだ広々としていて静かだった。実瑚の家の賑やかさとはまったく異なる。

「十和姫はずっと桐壺にいるの？」

「もちろんよ、ここ以外のどこに行くというのですか。女房たちと話をしたり、物語を読んだり琴を弾いたり。たまのお兄さまの訪れを楽しみにしていました。もっとも、今は父の看病があるので普段よりは出歩きますわ。あなたは、野山を駆け回っていらっしゃるのよね」

なんでもお見通しの十和姫に、実瑚は苦笑した。

「うち、大家族で。都の外れにあるボロ家で暮らしていて……」

実瑚は自分や家族について知って欲しくて、十和姫に語った。つまらないと切り捨てられるかと心配したものの、意外にも十和姫は喰いついてきた。

「え、両親が駆け落ち？　貴族の姫と密教僧が？　それは、物語のようですわ。もっと詳しく話しなさい」

鼻を膨らませて興奮気味に迫る十和姫をかわいく思った実瑚は、十和姫の期待に応えようと丁寧に話を続けた。恋の話が好みらしい。三歳年上の十和姫。姉がいたらこんな感じなのだろうか、実瑚の頬がつい緩む。

「あら。急に笑ったりしておかしな子。わたくしはあなたを兄の婚約者と認めたわけではありませんからね。落第もあり得ますよ。桐壺であなたを預かると決めたのは、わたくしにとって都合が良いからです」

厳しいことばを挟みつつも、十和姫は非の打ちどころのない姫君だった。最強の兄妹、そんな称号が相応しい。

とはいえ、やんごとなき内親王・十和姫は、外の世界をまるで知らない。実瑚の庶民暮らしが珍しいようで質問攻めにしてくる。

「都に立つ市にはいつか行ってみたいですわ。運命の出逢いが待っていたらどうしましょう」

お出かけの経験は、兄に誘われた祭見物と寺社詣でが数回あるのみらしい。

「院の御所に住んでいた時期があると言っていた……いましたよね」

気軽な口調になってしまったのを聞き咎められ、実瑚は慌てて言い直した。

「母上が亡くなった後のことですね。弘徽殿女御さまご所生の親王さまは病弱で。元服された今も、よく寝込まれます。万が一、弘徽殿の親王さまになにかあった場合の予備として、お兄さまがとりあえずの皇太子候補に確保（キープ）されたことと、おじいさまが体調を崩されたことをきっかけに後宮へ戻りました。院には、四年ほどいたかしら」

「穂積が『異母弟』って口にしていた人ね。身体（からだ）が弱かったんだ」

異母弟に配慮して『好ましい人柄で穏やか』と表現をしていた。実は病弱なのかと実瑚は納得した。

「その後、身体が弱いなりに弘徽殿の親王さまがご成人なされ、下に弟君も生まれ、わたくしの兄はお役御免で解放。わたくしの身は引き続き父が後見してくださって、兄は橘邸を直しつつ住んでいるはずなのだけれど、あのお邸（やしき）は傷んでいますの？」

「そうですね、所々ちょっとだけ風合いがにじみ出ているというか……でも、のんびり過ごしたい人にはいい場所かなって」

「わたくしは小さいころに訪ねただけで邸の記憶がありませんの。訪れてみたいですわ」

「穂積にお願いしてみましょうよ」

「……ですから、呼び捨てはどうかと思います。兄は親王さまよ、あなたは庶民」

「そうでした。でも、昔も名前で呼んでいたし、つい」

会話が弾んでいたので、実瑚は調子に乗ってしまった。

「その言い訳は先ほども聞きました。ああ、前途多難。身分が違うという意味は分かっているのかしら」

「でも、穂積は私を望んでくれていて、私もできるだけ寄り添いたい」

「将来を期待されて見目も麗しい兄に、言い寄ってくる女は多いですわ。あなただってその中のひとりかもしれませんね。わたくしは妹として、兄を守らなくてはなりません」

得体の知れない迫力と自信を持つ十和姫に、実瑚は圧倒されそうになる。

「じゃあ、逆にどうすれば、庶民の私は穂積の妃になれる？　誰もが相応しいと認める親王妃の資格って、なに？」

一応聞いてみようかぐらいのつもりで投げた質問だったが、妃候補に乗り気と疑われたらしく十和姫はおや、という顔をして見せた。

「そうですね。いくつか思い浮かびます」

十和姫は持っていた扇をぱちんぱちんと開いたり閉じたりした。

「まずは親王に釣り合う身分。土御門などという陰陽道の家ではお話になりませんので、あなたを公卿以上の名家の養女にします。養女に入った先の家が、あなたの後ろだて……後見役になります。あなたのお世話をしつつ、あなたが出世したら見返りが期待できます。具体的には官職が上がったり、褒美をもらえたり。後見役は兄が探してくださるわね。けれど、政治的には今後の勢力図を塗り替えるほどの繊細な問題につながりますので、後見役選びは慎重になるでしょう」

本家ですら実瑚には恐れ多い存在だったのに、宮中では通用しないようだ。でも都合よく、実瑚なんぞを養女にしたいと手を挙げてくれる家が見つかるのだろうか。穂積の将来性に賭けようと乗り気になる貴族さま、大募集したい。

「身分云々の話はあなたの努力ではどうしようもありませんので、あなたが心配するのは次の問題です。それは、本人の資質！　教養がないのよ、教養が。作法も知らないですし、猛特訓が必要ですね。歌、楽器、手習い、香、裁縫に染織……」

苦手なものばかりで旗色が悪い。実瑚は目が回りそうになった。

「最後のひとつは、奇跡。あなたが得意とする占いとやらで宮中を納得させてねじ伏せること……どうかしら、軽く絶望したのではなくて？」

正直、十和姫の指摘通り、どれも難しい。唯一、実瑚が持っている占いも不安しかないが、努力を重ねても十和姫に並ぶような素晴らしい姫君にはなれそうにない。結局、占いの力を磨くしかない。これも運命か。

「……明日から占いがんばろう……」

「明日と言わず今日から励みなさい。一日一回だけだったかしら、根性でなんとかなさい。占うことが特になければ、大臣について思い浮かべなさい。父や兄が欲しいのは大臣の情報ですわ。おじいさまに寄生している揚羽の大臣の」

これまで、大臣とだけ呼ばれていた人物の名前が出た。

「揚羽の大臣、と呼ばれているの？」

「ええ。大臣は家紋に揚羽蝶を使っています。内大臣よ、覚えておくように」

「詳しく教えて、じゃなくて教えてください」

占いの参考になりそうだ。実瑚は大臣について教えてもらおうと頭を下げた。

文句のひとつやふたつ出るかと身構えたものの、十和姫は文棚から巻物を引っ張り出した。巻物を紐解くと、名前がずらりと並んでいた。家系図のようである。

「字は読めますか」

「多少は」

個人的に十和姫がまとめた家系図兼勢力図らしい。女性らしくひらがなが多いが、その字のうつくしさに実瑚は息を呑んだ。まずい、自分とは比べ物にならないぐらい流麗で達筆である。

「ゆっくり説明しますわ。ここが帝。兄とわたくし。揚羽の大臣は院に莫大な寄進をして接近し、大出世した狡猾な人。宮中では、娘を弘徽殿に入内させて次代の覇権を狙っています。ちなみに土御門の家は……ずっと下のほうですね。どこかしら」

十和姫のきれいな指と爪が家系図の端のほうまでつつつと滑った先に、土御門家があった。中流から下流といった家格なのだ、扱いが小さい。改めて、自分の置かれている立場を知る。吹いたら飛ぶ。

「揚羽の大臣は武家の棟梁(とうりょう)です。大臣のひと声で万単位の武士が揃います。気をつけなさい」

ぞっとした。穂積が目指しているのは争いのない国。だが、揚羽の大臣は武力をちらつかせて宮中を掌握しようとしているとは勝手過ぎる。

「無理しないで頑張ります」

「あら、ときには無理してでも這(は)い上がってもらいますわ」

うつくしい内親王は、残酷でもあった。

＊＊＊

今日も一日が長かったし、困った意味で盛りだくさんだった。

身体は疲れていて眠いのに頭の中身がしきりに動いていて、なかなか眠れない。ふかふかの寝具は、生まれて初めてぐらいに極上の寝心地。雲に乗ったらたぶんこんな感じだと思うのに、何度寝返りを打っただろうか。

隣の部屋、つまり十和姫の居室はまだ明るいので起きているらしい。

眠れないし、話し相手になって……なんて声をかけたらどんな顔をするかな、と考えてみる。完全無欠な姫君で近寄りがたい雰囲気もあるものの、やさしいところもあるし、穂積のことになると血相を変える点も意外とかわいい。女狐（めぎつね）扱いされたからとはいえ、ついつい『豆狸』と口にしてしまって申し訳なかった。

「明日も朝早いって言われたし」

妃教育以前に、立派な平安姫君を育てると十和姫に宣言されてしまった。

目を閉じる。

ぐるぐる、いろいろな残像が廻（まわ）る。でも、穂積の姿で画（え）が止まった。

大きな手、やさしい声。凛々（りり）しい表情。そして、秘めた熱。

抱き締められたとき、驚いた。でも、嬉（うれ）しかった。ずっと慕ってくれていたことが伝わってきた。家族以外の男性とあんなに近づいたのは初めてだったし、どうしたらいいのか分からなくて動けなくなってしまった。

……動きたくなかったのかもしれない。

「溶けた」

甘味が口の中で溶けるように、穂積に甘く溶けた自分がいた。

実瑚の記憶の中の婚約者とはまだ一致しないけれど、穂積なんだ。これから、ひとつずつ思い出したり知ったりする楽しみが待っている。そう考えただけで、胸がどきどきしてきた。

「しまった、婚約お披露目の会でいただいた石蜜の包み紙を私のお守りですなんて」

苦笑ものだったに違いない。あの砂糖をくれた本人に自慢気に見せてしまったとは。急に恥ずかしくなってきた。

それでも、明日も逢いたいと思う。その次の日も、またその次も。ずっとずっと。

姫君修業も占いの勉強も、穂積が待っていてくれるならつらくても頑張りたい。困っている穂積や帝を助けたい。

話を聞いた限り、兄妹と祖父の院とは悪い関係ではなさそうなのだ。以前は一緒に暮らしていたらしいし、政……皇太子選びで食い違っているだけなのではないか。実瑚が次の皇太子を語る資格はないけれど、直接会ってしっかり話し合えば答えが出てくる、そんな気がする。

……眠気の波がやってきた。今、穂積が頭を撫でてくれたら一瞬で寝られそう。

実瑚は夜具を引き被り、いつしか寝息を立てはじめていた。

★★★

お兄さまの婚約者で、お兄さまが選んだ妃候補。

十和姫が描いていた女性像とはかけ離れていた。

「あれを認めろというのが無理ですわ」

かなり好意的に見て、野に咲いている名前もない花か。愛らしいところはある。貴族の変なしきたりに染まっていないぶん、育て甲斐（がい）はあるかもしれない。

「いいえ、あり得ません。身分が低過ぎます」

燭台（しょくだい）を寄せて筆を走らせる。十和姫は院のおじいさま宛ての文を書いていた。薬の御（お）礼（れい）と、後宮におかしな娘が現れたこと。帝と兄が娘の才能を認めていること。狐（きつね）のあやかしかもしれないこと。

伝えたいことが多くて長文になり、夜も更けてしまった。

皇太子争いが熾烈（しれつ）になってきたところで出てくるなんて、あやしい。

兄の手前、娘に同調するように見せかけているものの、あんな娘は絶対に許さない。そもそも、兄は女性嫌い。後宮で、さんざん嫌な目に遭ってきた。もし、兄が帝になってもた。

「渡しません。絶対に、兄は渡せませんわ」

ずっとずっと、ふたりで生きてきた。つらいことも苦しいことも我慢して乗り越えてきた。

あの娘の身辺を探ってみよう、十和姫は思い立った。正真正銘ただの庶民、もしくはあやかしという結果に終わるかもしれないが念のため。娘に惹かれている兄にはできないはず。だから自分が請け負う。

筆に込める力が強くなってしまい、字がぶれた。

「いけない」

字の乱れを、火急のときだとおじいさまに悟ってもらいたい。

十和姫の思い描いている図はこうだ。揚羽の大臣を退け、おじいさまを味方につけた兄が皇太子に内定する。残念ながら父帝には力がない。けれど兄を皇太子に、さらには帝まで押し上げられたら父はもっと自由に振る舞える。人のいい父は帝に向いていなかった。早く退位して上皇になり、余生を過ごしたほうが長生きできる。

つまり、兄が皇太子になったらいいことづくめなのだ。

「よいことを考えたわ」

妃は空位のままだろう。代わりに十和姫が補佐するつもりでいた。

化け狐を退治した勇猛な親王、という筋書きであの娘を利用しよう。この際、あやかしかどうかは関係なかった。周囲の人々が娘を狐のあやかしだと思い込めばそれでよかった。

幸い、あの娘は占いを能く(よ)すると聞く。

おかしな占いで都を騙(だま)そうとした罪でも着せて排除する……そこまで妄想した十和姫は、自分に物語作家の才能があるのではないかと怖ろしくさえなった。

「兄の隣に並び立つのは、この十和姫(わたくし)です」

三、不安も戸惑いも明日の糧にする

早春の夜明け前は相当冷える。春だからと気を緩めたらと身をもって知らされた。外気が肌に沁みるようにひんやりする。

与えられた寝所を這い出た実瑚は、簀子縁で瞑想に入っていた。息を深く吸うと、鼻や咽喉の奥を引き締まった空気が通ってゆく。冷たいけれど新しい気持ちになる。息を吐くと昨日感じたもやもやが身体の外へ解き放たれるようだった。

「調息」

呪を唱えて息を調える。細く長い実瑚の息が続く。徐々に静かに深くなってゆく。胸の前で手を合わせると手のひら全体が熱を帯びてきて、あたたかいような気がしてきた。

観たい。院の御所。穂積と十和姫のおじいさまの真意。皇太子の座。

おぼろげながら、画が観えてきた。

……人が集まって歓談しながらなにかを飲んでいる。宮中の宴？　だとしたら、どんな宴？　飲んでいるのはお酒だろうか。

手を伸ばしたとき、瞑想が解けてしまった。鳥の囀(さえず)る声が聞こえる。

自分の力はこんなものだ、と実瑚は唇を噛(か)んだ。誰がいたのかどこの場所なのかも分からない、ただの残像。せめて会話の切れ端でも聞こえれば役に立ちそうなのに。

「おはよう。朝早いのですね」

気がつくと、実瑚の隣には十和姫が立っていた。朝から身支度をしっかり整えていて、同性ながら見とれてしまうほどうつくしい姿だった。内親王、さすがだ。

「おはようございます、十和姫」

「今日、兄は来られないそうですわ。ふたりで特訓しましょうね」

「分かりました」

「あら、もっと残念そうな顔をするかと思いましたのに。意外とあっさりしているのですね」

「穂積には少しでも成長した私を見て欲しいので、今朝はちょっと……」

実瑚が語尾を濁すと、十和姫はすぐに勘づいた。

「占い、うまくいかなかったご様子ですね」

図星である。

「冷えるから室内に戻りましょう。それに、いくら朝でも、はしたない恰好ですわ」

気持ちを引き締めるために、実瑚は小袖一枚と袴の薄着の姿だった。

「袴は穿いているし、いいかなって。やっぱりダメか」

「当然です。そういった、あなたのゆるゆるな根性を鍛え直していきます」

結局、起床する場面から姫君の暮らしをやり直す。十和姫付きの女房たちに手伝ってもらって顔を洗い、身支度を整える。後宮ではなんでも自分でやってはいけない。人の手を借りて生きるのが常らしい。

「女房はお仕えする貴人を支えるためにいます。彼女の仕事を奪ってはいけません」

なるほど、そういう考え方もあるのかと実瑚は納得した。身の回りのお世話のほかにも、文の使いを頼んだり、ほかの殿舎の女房と交流を持って噂を得たり、ときには主の相手をすることもある、とのこと。

「主の相手……って、お話し相手とか？」

十和姫のことばをそのまま素直に受け取った実瑚は尋ねた。待っていましたと含み笑いをする十和姫と笑みを漏らす女房たち。

「もちろん、お話し相手のときもありますわ。でも、女房の雇い主は男性のことがほとんどですよ。この桐壺でも、女房はわたくしに仕えているという形ですけれど、女房たちを揃えたのは父や兄ですもの。分かるかしら？」

「それって、もしかして」

頭をかかえる。主＝帝あるいは穂積、の相手。相手って、相手？

「女房は、主の恋人である場合があります。せっかくなので最初に教えておきましょう。こちらの女房はひそかに父の相手をしている、宰相の君。物語が好きで、手習いも上手いからあなたも字を習うといいわ」

女房名を告げられた宰相の君は実瑚に向かって深く頭を下げた。朝、実瑚が顔を洗うときに角盥を運んできた女房だった。若くてきれいな人だと思ったけれど、帝の恋人？

帝って、かつては橘の女御に一途だったのに、弘徽殿にも藤壺にも御子がいるし旺盛なんだなあと実瑚は少々鼻白んだ。

「帝は、次代に血を伝えることが大きな責務です。それに、ご心痛を多くかかえていらっしゃいますし、慰める女性が必要です。宰相の君はもともと母上に仕えていて昔を知っている特別な女房ですよ。邪推はやめなさい」

十和姫に心を読まれてしまって恥ずかしくなったが、引っかかる点がある。

「待って十和姫。帝のお相手がいるってことは、ここにはまさか」

穂積の秘められた恋人がいてもおかしくはない。

「兄の相手はいませんわ。穂積親王は極度の女性嫌い、後宮では有名な話。人気はあるのに浮いた噂はまるでない。橘邸にも、そういう女は置いていないはずです。兄の装束のご用意やこまごまとしたお支度は、わたくしが全部しています。これ、普通は正妻の役割ですよ。今は実質、わたくしが兄の正妻的存在。あなたにできるかしら」

橘邸の前で逢ったとき以外、穂積は品があって仕立てのよい衣を常に着ていた。十和姫の見立てだったのか。

「穂積と十和姫が兄妹って、ちょっと惜しいですね」

美男美女でめでたい一対なのに、と軽く言ったつもりだった。しかし十和姫が派手に喰いついてきた。

「あなたもそう思いますか。いやだ、意外と話せるわね、嬉しい！」

いきなりの大声に、実瑚はぎょっとした。しかも目の前には十和姫がいて、実瑚の手をぎゅっと握り締め、きらきらの目で訴えかけている。

「お兄さまとわたくし、何ゆえ兄妹として生まれてきてしまったのでしょうか。毎日が苦しくて仕方ありませんわ。同母の兄妹とは、もっとも忌むべき間柄。ああ、天よ。私は天をお恨み申します」

……禁句。十和姫に、穂積の話題は禁句なんだ。女房たちが遠巻きにこちらを窺っている。一刻は穂積の話題が続きますよって顔をしている。しまった。

ぺらぺらと、まくし立てるように兄のことを語る十和姫。

普段は抑えているのか、今は堰が切れたかのような怒涛の勢いだった。よっぽど穂積が好きなんだろうなあ、と実瑚は眺めた。

「兄は、後宮では『橘の宮』と呼ばれています。もちろん母や実家にちなんだ名前です。かつての名家・橘氏の影は薄いですけれど」

名家の例として『源平藤橘』などと呼ばれることがある。源氏・平氏・藤原氏・橘氏の四家を指す。

「橘の宮、朗らかな穂積に橘はぴったり」

「まだありますわ。兄の別名は『氷の宮』よ」

「氷の宮？」

「凍てつくように冷たい、の氷。女たちへの対応は確かに氷かもしれません」

氷対応どころか熱対応されている実瑚の心には訴えなかったが、生い立ちを聞いていると女性に凍てついてしまうのも頷ける。

「通称で呼ばれている意味、分かるかしら。名前で呼ぶのは失礼に当たります。どこかの誰かさんのように呼び捨てにするとは、お話にならないぐらい、し・つ・れ・い、です！」

「でも、穂積は穂積。出逢(であ)ったときから」

十和姫は実瑚の顔を覗(のぞ)き込んだ。

「あなたって愚かね……まあ、いいわ。穂積っていう名前も通称ですもの。教えて差し上げないけれど、本名はほかにあります」

意地悪です、十和姫。

話が脱線して長くなったので、朝餉(あさげ)をいただく時間も遅くなってしまった。

＊＊＊

実瑚にしてみれば、『氷(ひ)』ではなく『陽(ひ)』なのに。

帝のお気に入りで聡明(そうめい)秀麗。皆が憧れる存在。

そんな人からそばにいて欲しいとお願いされている。嬉しいような、困るような、照れるような。恐れ多いやら。

実瑚の記憶の中にいる穂積とは別人みたいに変わってしまったので、戸惑う気持ちもある。婚約者なのだと思おうとすると、とても照れる。もっと近くにいたいのに、うまく話せなくなる。そんな気弱な自分がいやで落ち込むの繰り返し。でも離れたくない。

穂積は、後宮では無理をして聖人君子像を努めて作っているようだった。

後宮に居残っていると、氷と称される意味に少し気がついた。穂積は笑わなくなった。頬が緩みかけても途中で笑みを止めてしまう。自分で気がついているのか、それとも無意識のうちなのか。

「だいぶ十和姫にしごかれましたか。今日の姫はおとなしいですね」

後宮入りして数日が経(た)ったころ、穂積に声をかけられた。十和姫の姫君修業は想像を超えて厳しい。朝起きてから夜は寝具に入るまで指導が続いている。

「だいじょうぶ。十和姫は、こんな私にも親身になってくれて感謝しかない」

「わたしの妹は責任感が強くて。あなたを託された以上、わたしの期待よりも遥(はる)かに素晴らしい姫に仕立てようとするでしょう。もし、きつかったら遠慮なく言ってくださいね。姫の笑顔がなくなったらわたしは悲しい」

そう言いながら、穂積は実瑚の手のひらにあるしるしを確認する。今も、星はそこに輝いていた。いとおしそうに実瑚の手を頬に当てる。

「……なにも観(み)えない占いが続いて。ごめんなさい」

これからのこと、特に院の御所の様子を探ろうと占ってみるものの、目ぼしいものはなかなか観えない。

「焦らずに。あなたが苦しむ必要はありません。そうだ、父がまたあなたの甘味を食べたいとおっしゃっていました。なにか作ってくれませんか」

励ましつつ、役目を与えてくれる穂積にほっとする。

「お兄さま、こちらへいらして。新しい装束の仮縫いをしたくって……いやだ、また寄り添っていらっしゃる！」

実瑚は穂積に寄りかかりながら頭を撫(な)でて慰めてもらっていた。こういう心地よい場面を狙ってか、十和姫は登場する。

「では姫もご一緒に」

首を横に振りつつ、十和姫は穂積の袖を引っ張った。

「この娘に裁縫は早いわ。自分用の小袖を縫うように命じたのに、雑な裁断で、袖を裾に縫いつける有様(ありさま)でした。お兄さまの晴れ着には指一本触らせたくありません。見学もお断りです」

未練ありそうに穂積はしばらく実瑚の顔を眺めていたが、決意して立ち上がった。

「すぐに戻ります。待っていてください」

わざと、実瑚に見せつけるようにしながら十和姫は兄にべたべたとまとわりついて隣室へ消えた。

『装束の支度は正妻の役割』。十和姫が羨ましい。貴族の姫君らしいことはまだなにもできない。

楽しそうにはしゃぐ十和姫の声が響く。女房たちがそれに追随する。

木の実取りなら誰にも負けない自信があるのに、そんなものは後宮では無用の特技。

穂積と十和姫の明るい会話が聞きたくなくて、実瑚は簀子縁に出た。

桐壺の中庭には、背の高い桐の木が植えられている。まだ落葉したままで寂しげだが、春には気高い紫の花を咲かせ、夏にはたくさんの大きな葉を生い茂らせるだろう。

「あ、いたいた。『橘の姫君』がそんな端近なところに座っていいのか」

まずい、顔も隠さないで桐を見上げていた、と思ったら声の主は実瑚の義兄・晴佳だった。自称遊び人でも一応は陰陽寮に仕える陰陽師でもあるので、宮中で遭遇してもおかしくはない。けれど、晴佳が真面目に仕事をしている姿を想像しただけで笑ってしまいそうになった。

「晴にい……！　どうしてここへ」

にこにこと、晴佳は笑っている。

「変わりないか。見た目は元気そうだけど、きついだろ。じいさんや東山の家から勉強用の一式を預かったので届けに来た……という名目で陣中見舞い。隣、座ってもいいか？」

母屋の奥へ視線を送る。穂積の採寸作業は時間がかかりそうだった。

「じゃあ、こっちで座ろう」

桐壺の室内から死角になりそうな場所に移動し、実瑚たちは再会を喜んだ。

「東山のおじさんに、実瑚がここにいるって聞いて。驚いた」

「うん……」

思いがけない身内の登場に、実瑚は涙ぐんだ。張りつめていた緊張が解け、気が抜けてしまった。

「なぜ泣く？　やめろよ実瑚。俺、お前になんかしたか」

「ごめ、ん。晴にいに会えて……嬉しくて」

「嬉しい？　いつも本家で会っていただろ」

「晴にいは、遠慮しなくていい人だもの」

「まいったな……」

止まらない実瑚の涙を晴佳は袖で拭ってやった。強めにごしごしされてちょっと痛かったけれど、心配そうに覗き込む義兄の様子がまた嬉しくてさらに泣いた。

「これじゃあ、いわくありげな男女にしか見えないぞ」

実瑚も同感した。早く泣き止みたい。

「お前、ほんとうに橘の宮の妃になるのか？　婚約なんて昔の約束、破棄しろよ。長い間放置して、今さら迎えに来ましたとは都合が良過ぎる」

「放置されていたのは私の勉強不足のせい。さらに言えば、晴にいが無能だから。もっと使える陰陽師が本家の後継だったら、私は巻き込まれないで済んだのに」

「やめてくれ、それは俺がいちばん分かっている。で、なるのか橘の宮の妃？」

「……分かんなくなった」

『穂積を助けたい』と『穂積の妃になりたい』は微妙に違うような気がする。穂積に惹かれているけれど、踏み出せない。

「迷うならやめたほうがいい。しかも皇太子候補の妃では、身分違いも甚だしい……決めた、実瑚。東山へ帰ろう。後宮では、お前は幸せになれない」

「帰る？　家に？」

「そうだ、かわいい義妹を皇太子争いに巻き込むとは冗談じゃない。天誅でも下れ！」

晴佳は実瑚の右腕をつかんで立ち上がろうとした。すぐにここを逃げようとしている。

「母屋の中に穂積がいる」

「まじか？　見つからないように、早く行こう。こんなやり方、ただの人さらいだ。実瑚だって家族に会いたいだろうに」

もちろん、会いたい。できるなら、家に戻りたい。

でも、逃げてしまっていいのだろうか。忘れてくれるだろうか。それとも、逃げる暮らしがずっと続くのか。

穂積を悲しませたくない、実瑚は思った。晴佳や本家の土御門家にも迷惑がかかる。

動こうとしない実瑚を見て、晴佳は舌打ちをした。

「情が移ったか。あいつらに庶民の生き方が理解できるものか。庶民には庶民の守るべき暮らしがある、さあ、もう行くぞ」

「晴にい……来てくれてありがとう。でも私は」

「まさかあいつに惚れたか。身分違いの男に」

どきりとした。惚れている？　私が穂積に？　憧れているものの、好きかどうかは深く考えたことがなかった。

「やめとけ。聞いてないのか、後宮の陰惨ないじめを。橘の女御の話とか、隠されているけれど事件もよく起こる」

「聞いたよ、橘の女御さまの件。でも、穂積は私を守るって」

「そんなの口先だけだ、なんとでも言える。お前をつなぎ止めておく甘言だよ。甘いことばで誘っておきながら都合が悪くなったら切り離す、あいつらの常套手段だ。目を覚ませ実瑚、お前は東山のふもとに住む庶民同然の娘。占いの才はあるが、芽は出てこなかった娘。甘いもの好きはいいが、食べものだけにしておけ」

芽が出ない、と断言されてしまった。晴佳は陰陽師の才能がないと言われているが洞察力はある。その目で賽の目を読めるし、狙った目を出せるのでまず負けない。

抗う力を失った実瑚は頷いた。晴佳が実瑚の長い髪を結ってまとめて動きやすくしてくれる。ぽんこつ陰陽師だが手先は器用だ。

「衣……も、何枚か脱げるか。身軽になったほうがいい」

後宮に来てからは一度も走っていない。十和姫が実瑚に似合いそうなものをとわざわざ選んでくれた装束だったが、邪魔になるなら置いていこう。そもそも実瑚の衣ではない、借りものだ。もぞもぞと腕を動かしはじめた、そのとき。

「そこでなにをしている！」

振り返ると、ふたりの背後に穂積がいた。見たことがないぐらい、怒っている。眉を吊り上げて両目を見開いて。

「その娘はわたしの姫だ。手を引っ込めろ」

穂積は手に刀を持っている。実瑚になにかあれば晴佳を斬り捨てるつもりらしかった。

「お兄さま、神聖な宮中で血を流してはなりません。穢(けが)れます」

「姫の一大事に穢れだのなんだの言っていられない。盗人(ぬすっと)よ、離れろ！」

かんかんに怒っている穂積に、十和姫の制止は届かなかった。実瑚は晴佳から離れて両手を軽く挙げ、なにもなかったことを示す。

「これは私のいとこで義兄の、晴佳です。紹介が遅くなりました。一応、陰陽寮の陰陽師なの」

さっさと自己紹介をしてくれよと、実瑚は晴佳の脇腹を肘でつついた。

「土御門晴佳だ。分家の姫である実瑚とは兄妹(きょうだい)同然で育った。実瑚は返してもらおう。野生児の実瑚に後宮仕えは無理だ」

「義兄？　なにをしにきた」

「実瑚を取り戻しにきた。そもそも実瑚は、俺の元・婚約者だ」

初めて聞いた。なんだそれは。実瑚は自分の耳を疑った。

「俺に陰陽師の才がないせいで、代わりに実瑚を本家に迎えて貴人と結婚させようという流れになっただけで、本来は実瑚と俺が結ばれて土御門家を継ぐ予定だった。こいつは皇太子候補の妃なんて絶対に向いていない。俺が実瑚とよりを戻す。宮さまは大貴族の姫君でもらっておけよ、何人でも侍らせられるんだろうに」

「姫はわたしの妃にする」

「無理無理。そいつの占いはうっかり占いだ。それに、妃どころか姫君の素質がまるでないって。実瑚、もうひとつ忠告だ。皇太子ともなれば、多くの后妃が後宮に並ぶ。耐えられるか？」

穂積は『妃は実瑚ひとりだけでいい』と言ってくれているが、きっと立場上そういうわけにいかない。

現に、今上帝の後宮にも女性がたくさん侍っている。帝は橘の女御を深く愛していながら、たったひとりでいいというわけにはいかなった。いずれ、穂積が帝に即位したら、多くの女性が後宮に住まって妍を競うだろう。

実瑚は助けを求めるように、晴佳のほうへ近づいた。

「義兄のことばを鵜呑みにするのか、姫よ。わたしを信じているのではなかったのか」

「きれいなお顔の高貴な宮さまが、小娘相手にうろたえちゃって面白いな。噂になっているぜ、橘の宮さまが桐壺に秘密の女を囲っていると」

「囲ってなどいない、育てているのだ……噂だと？　隠しているのに、もう人の噂に」

「皇太子候補ともなれば注目が集まりやすいってやつだ。実瑚に被害が出る前にとっとと返してくれ。実瑚は玩具(オモチャ)でも、愛玩物(ペット)でもない」

穂積と晴佳は睨(にら)み合った。どちらも引く様子は微塵(みじん)も感じられない。こんなときはどうすれば……と咄嗟(とっさ)に十和姫の顔色を窺(うかが)うけれど、つまらなそうにそっぽを向いていた。

「なるほど、よく分かった。では勝負しよう。土御門晴佳、そなたはどのような勝負が得意か」

「ダメだよ穂積、晴にいは勝負師なんだよ。勝てないって」

「は、はるにい？ 姫はこやつを『晴にい』と呼んでいるのか！」

「だって、晴にいは昔から晴にいだったし」

「お互いの母親が姉妹ゆえ、俺たちはいとこってことだ。あれ、嫉妬かな嫉妬嫉妬。男の嫉妬って、ねちっこくってイヤだなあ」

穂積の視線が刺さって痛いし、怖い。晴佳も煽(あお)らないで欲しい。

「どちらが姫を口説けるか勝負だ。勝ったほうが姫に求婚できる、よろしいか」

「負けたら黙って去る、か。求婚を受けるかどうかは実瑚が決めていいよな」

「もちろん、無理強いはしない」

勝負なんてやめて、とは言えなかった。穂積は実瑚のほうを見ていなかった。激しく、晴佳を睨んでいる。

「俺の得意は賽（サイコロ）だ。いいか？」

「構わん。規則（ルール）はどうする」

「そうだなあ、双六（すごろく）は勝負がつくまでに時間がかかるし、賽の目勝負にしよう。振った賽の、数が大きいほうが勝ちだ」

「よし、決まった。十和姫、西の簀子（すのこ）縁を貸してくれ」

「どうぞご勝手に。わたくしは部屋に戻ります。庶民の娘を賭けて勝負とはつまらないもの。野蛮で下賤（げせん）です、まったく。見損ないました」

　実瑚を蔑んだ物言いだったが、晴佳との同席を控えたのだろう。成人した貴族女性は男性とは同席しないのが基本。

　それでも勝負の行方には興味があるようで、女房のひとりを残してある。

「待って、晴にい。条件（ハンディ）をつけてよ。晴にいの得意で勝負したら、晴にいが有利過ぎてずるい」

「あいつがいいって言ったんだ。俺は悪くない、責めるな」

「いいじゃない、ちょっとだけ」

「お前、家に帰りたいなら俺の味方をしろよ」

「勝負は正々堂々。ね、お願い！」

実瑚が譲らないので、晴佳は困惑して頭を掻いた。

「……おい、橘の宮さま。実瑚に免じて勝負の前にひとつ聞いてやるよ。願いごとでも言ってみろ」

「あなたは実瑚以上に口が悪いですね。白けます」

「条件を聞いてやるって言ってんだ、おとなしく希望を言え」

一瞬、晴佳が穂積を見下し、ふたりの間に青い火花が散った。

「姫神の加護が欲しい……というのは無理だろうから、勝負の間は姫と手を繋いでいたい」

「は？　実瑚と手つなぎ？　呪いか。忠告しておくがそいつは無能だぞ」

「才はある。秘められているだけだ、姫だけに」

「なるほど、そいつは言い得て妙。実瑚、宮さまの希望に応えるか、どうするか」

そっと、穂積が手を差し伸べてきた。もちろん、実瑚は手を重ねる。

「ありがとう。そして、できたらわたしを応援してくれませんか」

「はい、応援します。晴にいは、いかさまはしませんが引きが強いです。持っています」

「それは面白い。勝負を持ちかけた甲斐があるというものです」

どうなっているのか、男性陣の頭の中は。途方に暮れつつも、実瑚は穂積の手をしっかりと握った。そのまま、指定された簀子縁まで歩く。晴佳はすっかり勝ったつもりになって鼻歌まじりで実瑚たちの後ろをついてくる。

「どうやって振ったら、大きな賽の目が出るのでしょうか」

穂積は賽に触ったことがほとんどないらしい。それでよく勝負を受けたものだと感心してしまう。

「私も知りたいです。運かしら」

「橘の宮さま、不戦勝でもいいですよ俺。親王さまが負けたら恰好悪いでしょ」

背後から大きな声をかけてくる余裕の晴佳。

賽の目は実瑚の占いでは動かせない。勝負の決着なら分かるかもしれないが、実瑚は自分の無力さを呪いたくなった。穂積に勝ってほしいけれど、晴佳は負けてほしくない。実瑚の心は矛盾していた。

「そなたは六・六を狙うのか」

「もちろんです。もしかして心理戦ですか」

案内された縁に全員が座る。この角度だと視点が変わり、桐の枝の趣きが異なった眺めに映る。

「初めて参りましたが、見事なものですね。さすが後宮はなにもかもうつくしい」

「後宮の中心はもっと華やかだ。晴佳は、宴（うたげ）や歌会には参加しないのか……しなそうだね」

「あいにく、博奕（ばくち）人生なんで。よかったら今度、宮さまも賭場へ来ませんか。勝ったときは仕事の疲れが吹き飛んで爽快、貴賤（きせん）入り交じりで面白いですよ」

「ははは、機会があればね」

「穂積をおかしなことに誘わないで。晴にい」

勝負には、桐壺に置いてある賽を使う。晴佳の袖の中にも常に何組か入っているようだけれども、細工が施されている可能性を穂積が危惧した。

「きれいな賽だ。象牙か」

「よくご存じで」

実瑚も穂積の手のひらを覗（のぞ）き込んだ。

象という、実瑚が知らない動物の牙を使って作ってあるらしい。触らせてもらったところ、硬過ぎず軟らか過ぎず、すべすべしていて手によくなじんだ。そっと転がしてみたら意外と勢いがついて縁の先まで行ってしまったが、晴佳が追いかけて拾ってくれた。

「ありがとう」

賽を受け取ったとき、手が触れ合った。ほんの一瞬とはいえ、晴佳が手に汗を握っているのが分かってしまった。

実瑚は調息していなかったのに、晴佳の中の焦りや緊張が観(み)えた。六をふたつ揃(そろ)えると豪語したことへの自負と、実瑚を取り戻したい願望が渦巻いていた。

無意識にだったが、他人の心を覗いてしまった実瑚は動揺した。確かに、今日は占いをしていない。不甲斐(ふがい)ない結果が続いて占う気力が湧かなかったのだが。

「しっ、黙っておけよ」

晴佳は心の内を見透かされたことに気がついている様子だった。

そして、まだなにかを隠している？

「入れ物は碗(わん)でいいですね」

次々に準備が整えられてゆく。

ふたつの賽(サイコロ)が黒い碗の中に投げ込まれる。先攻は晴佳。

碗を手にした晴佳はちらっと実瑚を見やってきた。ことばは発しなかったものの、念を伝えてきたように感じる。

本家の野望に振り回されて今度は皇太子候補に絡まれるとは、という同情や憐憫(れんびん)？　いいえ、違う。晴佳は実瑚の出発を……船出を祝っているような気がする。後宮という大海原を乗りこなせと激励している？

そうか、後宮は海なんだ。

凪(なぎ)の日もあれば嵐の日もある。青天、荒天、いろいろな顔を見せる、海。

実瑚が海に思いを馳(は)せていると、晴佳は置いた碗をすでに持ち上げていた。

「あれ、失敗か」

確かに狙ったのに、という悔しそうな顔で晴佳は首を傾(かし)げた。出た目は五・六だった。

「わたしが六・六を出せば勝ちだな」

晴佳が外すとは珍しい。触ったことのない高級な賽ゆえ手もとが狂ったか。それとも、わざと？　いいえ、勝負に厳しい晴佳がそんな真似(まね)するはずがない。

わたしの番だね、そう告げてから穂積は碗に手を伸ばした。もう片方の左手は、実瑚と繋がっている。

「良き目……六しかありませんが、それが出るように祈ってください」

「はい。占いはできませんが、祈ることならできます」

実瑚は必死に祈った。穂積に良(い)い目を。家に帰りたいけれど、晴佳に負けたくない。

賽は振られた。そして碗を上げてみると、出たのは祈り願った六・六だった。実瑚と顔を見合わせつつ、穂積本人も驚いている。

「重畳。引きが強いな、宮さまこそ。お見事でした」

負けたのに、なぜか晴佳は明るく笑っている。

そこへ、お茶が振る舞われた。

「十和姫からでございます。おつかれさまでしたとのことです」

お茶の良い香りを嗅いだだけで当惑した。実瑚が作った橘茶を、十和姫は勝手に使ったらしい。少々腹立たしくなったが、もったいないので黙って飲んだ。

「あれ、冷たい」

勝負で熱くなっただろうとの配慮か、お茶は冷えていた。とはいえ、しっかり成分が抽出されているので香りが高いし味わいも深い。十和姫、やるなあと感心してしまう。穂積も満足そうだった。

「うまいな、これ」

ぽつりと晴佳がつぶやいた。

「姫が作ったお茶ですよ、帝も絶賛していました」

「……なるほど。実瑚は幼いとばかり思っていたが、確実に成長していたんだな。お茶、美味かった。それとこれ、預かった書物と道具。じいさんとおじさんから、勉強も頑張れよって伝言。皆、元気だから安心しろ」

晴佳が持参していた冊子や占い道具からは、それぞれかすかに本家と実家の懐かしい匂いがした。ありがとう、と受け取ろうとしたが穂積が実瑚の手を止めた。

「随分と古めかしいものを教材にしているのだね。これで姫の力が伸びるとは思えないが。必要なものはわたしが用意するし、そもそも姫は姫にしかできない稀有な占いを持っている。旧態の知識は、かえって姫の成長の妨げになりそうだ」

「陰陽道は土御門家の道。宿曜術は東山のおじさんの秘術。実瑚は双方を継ぐ者。素人が口を挟むな」

一応、勝負は決着したのにふたりはまた衝突したが、穂積が勝者の余裕を見せる。

「姫の占術修行に関してはわたしに一任してくれませんか。本家にも実家にも戻すつもりはない。こちらで育て、いずれはわたしの正妃に迎えてふたりで帝を支える。帰ってそう伝えなさい」

そう言いながら、穂積は実瑚の身体をしっかりと抱き寄せる。毅然と堂々とした態度で、胸を張って高らかに宣言する穂積の姿はとても凛々しく、眩しい。

穂積が素晴らしいぶんだけ、実瑚の心は痛んだ。いずれ、自分は穂積の隣に並び立てるようになるだろうか。身分がない、才能も咲いていないのに。実瑚だけが、どきどきとおろおろを繰り返している。鼓動よ、鎮まれ。穂積に聞こえてしまう。

「選ぶ権利は実瑚にあるのに、それは命令じゃないか？　さっきと約束が違う」

再び不穏な雰囲気になりかけた気配を察知し、実瑚は穂積の腕をすり抜けてふたりの間に入った。

「ふたりとも、抑えて。私の占いを認めて伸び伸びさせてくれる穂積には感謝。勉強したいから、本や道具を貰ってもいいよね？　晴にいも、わざわざ私のことを見に来てくれて、しかも届け物までほんとうにありがとう」

穂積はやや不満そうだったが、実瑚は勉強道具一式を受け取った。それを見た晴佳は満足したのか立ち上がった。お茶はすでに飲み干されている。

晴佳を見送ろうと、実瑚は義兄を追って簀子縁を下りた。今日に限って晴佳は歩くのが速い。思わず、晴佳の袖をつかんでしまった。

「待って、晴にい。来てくれて嬉しかった」

「完全に親王さまを応援していたくせに」

気がつかれていた。えへへと笑ってごまかす。

「だって、晴にいの得意な賽なんてずるいよ……でも、さっきの勝負に手を加えた？　晴にいが負けるっておかしい」

「無能の俺が、小細工できるわけないだろ、イヤミか。たまにはこういう日もあるんじゃないのか。それかお前らの愛の力だろ」

今後は分からないけれど、まだ『愛』ではないのに。答えに困ってしまう。もしかしたら、晴佳はずっと無能を演じていただけなのかもしれない。本家の人たちにも悟られないように才能を隠すことはできるのか？　突然、義兄が遠い人に感じられた。

「橘の宮って噂にしか聞いたことがなくて、捨てられたも同然な日陰の宮だと思っていた。橘邸、知っているか？　土御門家に近い場所に建っているけど、うちよりもさらにボロなんだぜ。あんな邸の主にお前を嫁がせる日が来るとは」

「穂積は帝の覚えがめでたいし、これからは道が開けてくる予定だよ」

「それがかえって心配なんだ。実力はないのに鍾愛だけがある、不安定な状態が。お前の立場と似ている」

「私と、穂積が？」

晴佳が表情を曇らせたので、実瑚も下を向いた。自分は晴佳の悩みの種になってしまっているらしい。

「無理するな、いつでも戻って来い。お前の勉学が進まなくてじいさんはやきもきしていたが、橘の宮に接近できてよかったな。再会は偶然だったかもしれないが、こうなったら運命だ。今の土御門家には、破綻寸前の婚約を結婚に持っていける力がない。後は親王さまが全部仕切ってくれるだろう」

「晴にい……」

「俺はいつもの場所でお前の帰りを待っているから」

「いつもの場所って、賭場のこと？　いやだな」

実瑚が顔を見上げると、そこには、幼いころからずっと近くで感じていた、やさしい義兄のいつもの眼差しがあった。

「そろそろ戻れ。橘の宮は、完璧万能な貴公子に見えてかなり嫉妬深くて独占欲が強いぞ。じゃあな……お前らふたり、よく似合っていたよ」

軽く手を振った晴佳は、小走りで桐壺を離れた。

＊＊＊

「しばらく桐壺に滞在することにしました」

賽の勝負以降、穂積は暮らしの拠点を桐壺に置いた。

十和姫はこの上なく喜んだ。なにせ、大好きな兄と一緒にいられる時間が増えたのだ。

とはいえ、昼間の穂積はほぼ出かけていて、実瑚は姫君修業や占いの勉強をしているので変わらない流れだったが、夕餉を共にしたり、眠くなるまで話をしたりできるようになった。

「そうだ、相性占いをしてみてはいかが？　わたくしとお兄さまの相性は最高に決まっていますし、占う必要はないかもしれませんけれど、この娘との相性は良くないかもしれませんし！」

暗に、十和姫はふたりを引き離したがっている。そして相性占いに興味津々だった。占うのは実瑚なのだが。

「相性占いか、いいですね。姫の占いの練習にもなりそうです。挑戦していただけますか」

十和姫の思いつきを穂積が後押しした。今日はまだなにも占っていない。一日一回の占い、ここで使うことになりそう。

「相性は宿曜で観るけど、どんな結果が出ても恨みっこなしで」

相性占いは初めて挑戦するが、生まれの星を丁寧に観ることと占い師の直感がものを言う。そもそも、実瑚が学んでいたのは陰陽道と宿曜術の両方。本家で陰陽道を、父からは宿曜術を、というふうに。

穂積が属する星を探す作業は時間をかければなんとかなりそうだったが、占い結果の解釈がうまくできるか。実瑚は想像を膨らませるべく、穂積が愛用している持ち物を借りたいと申し出た。

「このようなものでよろしいでしょうか」

貸してくれたのは扇。穂積がいつも使っている品で、表面には海辺の風景が描いてあってそれに因(ちな)んだ歌も添えてある。

占いの精度を高めるのに相応(ふさわ)しい。ありがとうと礼を述べて少しの間、手にさせてもらう。

晴佳より受け取った書物の中にあった暦を開き、穂積の生まれた日にちを聞く。幸い、朝方生まれたと教えてくれたため、詳しく追えるかもしれない。

次に占星天象図を広げて十二宮二十七宿(しゅく)を確認し、いくつもの書物を行ったり来たりして計算を繰り返す。これは神経を削る作業だった。

実瑚自身の星は調べなくても覚えている。宿曜の十二宮でいうと穂積が獅子(しし)宮、実瑚は蟹(かい)宮に、二十七宿では穂積が張(ちょう)宿、実瑚は鬼(き)宿に属していた。

「わたくしのも！　わたくしも知りたいですわ」

自分が属する星は知っていると便利なので、実瑚は穂積のときと同じように十和姫の星も教えてやった。蠍(かつ)宮の氐(てい)宿だった。

「獅子宮は文字通り『獅子』のごとく強く王者の風格を持つ星で、太陽に模されている。

蟹宮は聡明（そうめい）で、月の性格を持っている。十和姫の蠍宮は医療に関係がある星で、火星ね」

「なかなか合っていますわね、その占い。お兄さまが太陽神という点がいい。すごくいいわ」

女子らしく、十和姫は身を乗り出して星を確認していた。帝や女房たちの属星も調べようと盛り上がっている。

そんな十和姫を横目に、実瑚はさらに別の冊子を取り出して穂積の星と実瑚の星を照らし合わせる。穂積と十和姫が息を詰めて見守っている姿がそっくりでちょっとおかしい。さすが兄妹（きょうだい）。

占星表を見て実瑚は驚いた。まったく別の性質の人間とはいえ、太陽と月は強く惹（ひ）かれ合うと書いてあった。しかも、穂積から実瑚への恋情が大きい、ともある。

「見せなさいよ。なになに、和合しているということ？　太陽と月は相対しているものですのに」

蠍宮の特徴として嫉妬深いというのがあったが、これは十和姫に黙っておいたほうが良さそうだった。

「それで姫占い師。あなたはこの結果をどのように読み解きますか」

期待した目で穂積が追ってくる。そんなきらきらとした瞳は眩しいし、精神をすり減らしそうだし、こちらに全力を傾けないで欲しい。

「観ます……調息（シャンティ）」

穂積の扇を胸に抱え、実瑚は瞑想（めいそう）に入った。

……ゆらゆら、ゆらゆら。水面が揺れている。波のようだった。そして、広い。海。海中より立つ鳥居が見える。穂積の扇に描いてあった場所。極楽浄土があるならば、こんな感じかもしれない。いつまでも見ていたいような、愛おしいような。

ふと、海に浮かぶ朱塗りの回廊の途中に正装をした若い男女がいた。

実瑚は再び深く息を吐き、整えた。

男女の顔は、穂積と実瑚のものだった。見つめ合ってほほ笑んでいる。頬を撫（な）でる風が心地よい。実瑚の中の願望がそうさせているのか、それとも運命だったのか。

そこで瞑想が途切れた。

もっと、観ていたかったのに。続きを知りたかったのに、残念。

「やだあなた、どうして泣いていますの」

「え……」

指摘されるまで、涙を流していることに気がつかなかった。瞬きをするたびにぽろぽろと、あふれるように湧いてくる涙。

「つらいものでも観たのですか」

穂積も十和姫も不安そうに実瑚の顔を覗き込んでいる。

「いいえ、ちっとも！　むしろ、穏やかで素敵な場面で」

そして、とても幸せそうな……と言いかけて実瑚は口を噤んだ。

「恥ずかしいけれど、穂積と私の相性は良さそう。困難があってもお互いを信じる心があれば乗り越えられます。今はこれだけしか」

わりと平凡な返答に十和姫は不満そうだったが、穂積は実瑚を労った。懐紙を取り出して涙も拭ってくれた。

「ありがとう、それだけ分かればわたしは満足です。おつかれさまでした、姫。宿曜術での占いはありがたいですが、わたしは姫の直感占いを大切にしたいです」

十和姫がほかにも占ってとせがむのを穂積が止める。冊子は難しい漢字で書いてあるのでさすがの十和姫にも読めないし、一応は家宝。外へ持ち出すのも好ましくないため、実瑚は占いを終えると匣にしまった。

恨めしそうに十和姫がこちらを見ている。宿曜の占いによると、穂積と十和姫の相性はあまり良くない。お互い魅力は感じるものの十和姫が強引過ぎる、と出ていた。この話題には触れないほうがいい。

「そうだ、甘いものを新しく作ってみたの。食べてみて？」

ふたりの反応が良ければ、帝(みかど)にも献上したいと考えている。

実瑚は白いものが入った碗(わん)と匙(さじ)を穂積と十和姫の前に並べた。

「醴酒(あまざけ)に、橘の実を浮かべたものです。あたたかいうちにどうぞ」

ふたりは不思議そうに眺めている。碗の真ん中に薄く切った橘がのせてあり、あっさりした見た目もうつくしい。

「醴酒とは、夏に飲むあれですか」

「夏に出されるものに比べて、濃いめに作ったの。飲むというよりも掬(すく)うようにして食べてもらえたら」

昨日、厨(くりや)を借りて作った。火の加減が難しかったが美味(おい)しくできたと思う。

ひと口運んだ十和姫が驚いたように声を上げた。

「食べる醴酒、美味です！　甘くてあたたかいですし、ほっとします。醴酒って、暑い夏の元気が出ないときに飲むものだとばかり。橘の酸味も合います。香りがいいですし、とにかく美味しいですわ」

喜んで、ぱくぱくと食べている。ひとまず、十和姫には気に入ってもらえたようで実瑚はほっとした。

しかし穂積は、まったく匙が進んでいない。

「……穂積は、醴酒が苦手？」

「いや、そういうわけではありませんが」

匙を持つ手がためらっている。

「あなた、まさか知らなかったのかしら。お兄さまは甘いものがお嫌いなのよ」

甘いものが嫌い？　実瑚が作った蘇は食べてくれたのに。

「余計なことを言うな、十和。すまない姫、いただきますよ。帝に持って行くつもりでしょう、でしたら尚更ここで味見をしておきます」

「無理しないで穂積。甘いものは正義だって私は思うけれど、そうではない人もいるって考えるのが自然」

蘇をいやいや食べていたのかと想像すると気の毒になった。嬉々として蘇を勧めてしまった自分の愚かさがいやになる。

「そういうわけではありません。蘇は美味しかったですよ。むしろ、甘いものは大好物でした。幼いころ、よく食べていたのです。甘い味のものならば目がなくて、あの舶来薬も毎日飲んでいました。ついでに言うと飯も好きでした……この際なので告白しましょう。姫が婚約披露の会で逢ったわたしと今のわたしとが同じ人間だと信じられない原因は、甘味と過食にあります。当時、わたしは太っていました。身体に肉がつきやすい性質なのに、後宮の女たちは自分たちの娯楽のために、大食いだったわたしに食べ物を与え続けました。食べ残しも多くて、罪なことをしました」

「お兄さまは、母上を失ったのをきっかけにお痩せになられたのではなくて？」

「それもある。しかし……ついでに白状します。最大の理由は姫に『おいしそう』と言われたことです」

お、おいし、そう？　庶民同然の幼い娘が親王さまに、おいしそう？　そんな記憶……待って……あ……あるかも。実瑚に差し出された親王さまの手のひらが、白いお餅のようだったのだ。

「思い出しました。私、言ったかも。『ふっくらしていて、おいしそうな手』！　ごめんなさい。当時の私、ひどい」

「庶民の娘がお兄さまにそんな暴言を？　うつくしいお肌をしていらっしゃるとはいえ、おいしそうなどとは聞き捨てなりませんわ」

十和姫の怒りはもっともだった。

「姫は無邪気なだけで、悪気はなかったと分かっています。ただ、あのひとことが、わたしの心を抉りました。そこに、母の死が重なりました。帝の名で届けられた薬湯に、毒が仕込まれていたようですが、母はあやしいと知っていながら薬を口にした気配もありまして」

「舶来の、甘い薬ね」

「ええ。当時のわたしは、あの薬がとても好きで。わたしが飲まないように、母が先に飲んだらしいことが最近の調査で分かりました。それ以降は、もう飲む気が……」

「それはほんとうなのですか、お兄さま？」

「当時桐壺に勧めていた老女房の証言です。間違いない」

先日、帝の前で薬を勧められたとき、穂積は飲まなかった。あれはそういうことだったのか。

目障りな親王を毒殺しようとする……怖ろしいけれど、後宮ならばあるかもしれない。穂積は罠にかからなかったが、帝の寵妃が引っかかったならばこれ幸いと犯人は、ほくそ笑んだかもしれない。

「ひどいですわ。犯人はどこの誰なのかしら」

「調べている途中だよ。後宮で起きた事件はうやむやにされることが多く、母も病死扱いになっている。いずれ、この件についても協力していただけないでしょうか。姫の占いがあればきっと真相にたどり着けるかと」

穂積の、真摯な目の輝きに惹かれはじめている、と自分でも思う。その目にいつも映っていたい。実瑚はしっかりと頷いた。

「私にできることなら、喜んでお手伝いする。事件が風化してしまう前に調べよう」

「ありがとう、さすがはわたしの巫女姫です。力をつけてください……って、今度は十和姫が泣いているのか？」

見れば、澄んだ双眼から珠のような涙をこぼしている十和姫がいた。

「だって、お兄さま。母上のこと、なにも聞いていません。いじめられていたとは聞きましたが、薬湯を飲んで亡くなったのですか。父上もあの薬がないと、いらいらするって手放せませんのに。これからも勧めていいのか、迷いますわ」

「薬自体に問題があるかどうかははっきりしていない。ただし、貴重なので必要以上にもてはやされている懸念は拭えないね」

化粧が落ちないよう、十和姫の涙を丁寧に懐紙で押さえつつ、穂積が指摘した。

「私も疑問に感じる。うちの父さまが作る薬は全部苦いもの。あんなに甘くて美味しい薬があるなんておかしい」

「少しずつ、調べましょう。父を救うのが先決。姫は姫君修業と占いの修行を」

「そうよ、あなたみたいなできそこないの底辺娘は、他人の心配よりも自分の心配をしなさい。今のところ、恥ずかしくてどこにも出せません」

矛先が急に実瑚のほうへ向かってきたため、うろたえる。

「み、帝へ醴酒を届けたかったのに？」

「後で、宰相の君に持って行かせますわ」

実は十和姫、穂積が桐壺に滞在するようになって以降は、父がいる安福殿への訪問が少なくなっている。実瑚と穂積をふたりきりにさせない作戦のようだった。

そもそも穂積は節度ある貴公子。実瑚と通じたら占いの才能が消えてしまうものなのかどうか答えが出ていないし、もうしばらくはふたりが清廉な仲であることに変わりなさそうなのに、十和姫は監視の目を緩めない。

「穂積の分の醴酒は私が食べる」

実瑚は穂積の匙を取り上げ、間髪を容れずに食べはじめた勢いに穂積が驚いている。

「次は、甘いもの断ちをしている穂積にも食べられそうなもの、考える」

「申し訳ありません。もとの体つきに戻るのは怖ろしく、甘いものは極力控えています。はじめに言っておくべきでしたね」

「他人に言いたくないこともあるのに、打ち明けてくれて嬉しい。私も、過去の無邪気さを反省する。穂積の極秘事項よね、これって」

知ってしまった、穂積の秘密。

甘味を封じているなんて、気の毒。実瑚は困ったように笑いかけると、穂積もほほ笑みを返してくれた。あまり笑う人ではないので、思わずどきりとする。

実瑚の家に来たときは明るい顔をしていたのに、後宮では表情に起伏が乏しい。憂いを帯びた翳ある顔もうつくしいが、できれば笑っていて欲しい。

「では、わたしから姫に告白ついでにひとこと」

改まって、なんだろうか。実瑚は背筋を正した。

「占いの回数です。一日一回しかできない、という根拠はどこにありますか」

予想していなかったことを質問され、実瑚は戸惑った。

「や……それは、一回占うと脱力してしまって、もう無理だっていう気持ちになってしまうので……瞑想するの、結構しんどくて」

「では、二回目三回目に挑んだ経験は？」

「ありません……」

声が小さくなってしまう。一日一回、内容はともかく占いを日課にしたばかりだった。

「自分で限界を決めるのは良くありませんね。集中すれば意外とできるかもしれませんよ、やってみる価値はあります」

痛いぐらいに正論だったけれど、実瑚は了承できなかった。

「穂積の前だから、言うね。私、ほんとうは知るのが怖いの。世の中には知らないほうが良かったっていうこと、たまにあるよね」

「知らないほうが良かったとは、どのような意味かしら」

不審げに尋ねたのは、十和姫。涙を穂積に拭いてもらえたのでご満悦である。

「……そうね、例えば。市に出かけて行って好みの品を見つけたとする。その品をまあまあの値段で買って納得した。でも、隣に並んでいるお店をなんとなく見たら、まったく同じものがあった。しかもさらに安い。『知らないほうが良かった』に、なりません？」

市場調査を怠った自分への戒めとして告白したつもりだけれど、高貴な親王と皇女の兄妹（きょうだい）には響かなかった。

「小さくて憐（あわ）れね、庶民は。欲しいものが手に入ったのなら満足しておきなさい」

十和姫に蔑まれて終わってしまった。価値観の違いを超えるのは難しい。

＊＊＊

試作を重ね、実瑚は新しい甘味を作った。

香りの良い橘（たちばな）を実瑚は次々に使った。酸味の強さを敬遠し、せっかくの橘の実を放置している邸（やしき）も多い。実瑚に言わせてもらえれば、もったいないのひとことに尽きる。鳥が啄（ついば）むままにしておけない。

実瑚が最も欲しいものは砂糖だが、これぱかりは穂積でも手に入らないようだ。特別なことがない限り、出回らないと宣告されてしまった。

仕方なく、身近にあるもので甘味を引き出した。飴（あめ）の中に果実を入れて固めてみたり、秋に収穫して貯蔵していた栗（くり）と米を砕いた粉と混ぜて焼いてみたり、油で揚げるのも美味だった。

人気があるのは、最初に帝（みかど）に献上した蘇の橘蜜がけ。桐壺から広まった、というよりもやはり帝の好物になった点への評価が高まった。どうも桐壺で考えて作っているらしいと分かると、実瑚の甘いものを求めて女房たちの問い合わせが殺到するまでになってしまった。

調合（レシピ）も隠さずに紹介した。

無料で教えるのかと十和姫はあきれていたものの、実瑚は宮中に、都に、この国に、甘いものがもっと伝わるといいなと思い、皆で食べて笑顔が増えるように願う。

甘味が注目を集めると当然、作っているのは誰だという話にもなり、どうやら穂積親王お気に入りの女性占い師、と漏れ聞こえるようになってしまった。

穂積は、実瑚を隠しておきたかったため噂になるのを嫌がり、桐壺で作っていることは認めているが、実瑚の存在については完全否定している。とはいえ、実瑚が評価されてゆくのは嬉しいようで胸中は複雑らしい。


人々の甘味熱は高まる一方だった。

特に、これまで見向きもされなかった橘が急に注目を集めた結果、足りなくなった。『古事記』や『日本書紀』にも記録された『橘は不老長寿の実』伝説が見直され、酸っぱいのもお構いなしに食用にする人が増えたためだ。

不足していると知れば尚更欲しくなるのが人の性。

都は、橘ではない柑橘類も刈り尽くされて異様な熱気に包まれている。

さて、足りない橘をどうするか——問題の解決方法は、実瑚が思いもしなかった方向へ進んでゆく。

四、たとえ嵐が来たとしても

「今日の天気、姫の占いが当たりましたね」

「ありがとうございます。そしてお帰りなさい、穂積（ほづみ）」

「ただいま、姫」

本日、宮中で歌会があった。

数日前よりやけに湿っぽい空気を感じていたので昨日占ったところ、大荒れの卦（け）が出た。穂積は実瑚（みこ）の占い結果をすぐさま帝に奏上し、予定を前倒しして午前（ひる）開始に変更したが、最後の歌を詠じ終わったときに暗い雲が広がって雷が鳴りはじめた。

荒天はほんの短い間だったが雹（ひょう）が降り、やがて地面を叩（たた）きつけるような強い雨に変わった。

「観天望気（天気予報）もできるのかと、帝が感心していましたよ」

「いいえ、近ごろ雨が多いですし。特に今回は不穏な感じがして」

「ここ数日の、姫の予感はとてもよいですね。わたしも助かります。大切にしなさい」

「はい、ありがとうございます」

歌会を終えた穂積の着替えを手伝いながら雑談していると、ほんとうの夫婦になったような錯覚に襲われる。頰が緩んでしまいそうになるのをぐっとこらえる。

「姫は、なにをされていたのですか」

「夏に合いそうな甘味を考えていたの。暑くても手に取りやすい飲み物がいいかなって思って」

「それは妙案ですね。すでに体調を崩している者が出ています。宴も、当日欠席を伝えて来る者が数人いました。夏の暑さを凌げるものは必要です」

穂積の賛同を得て、実瑚のやる気が上がった。定番にしたい甘い飲み物と、甘さ控えめもしくは甘くないきりっとした飲み物を作りたいとひそかに思案している。

「飴湯を冷たくして橘の実を使いたいのに、肝心の橘が全然手に入らなくて困っているの。私が使い過ぎたのかな、保管してあった実が減ってしまったのに補充もできなくて。ずっと桐壺にいると外の様子が分からないけど、そんなに流行しているのかしら」

「橘は、流行しているなんてものではありませんよ。都では姿が消えました」

「消えた？　なくなったの？」

驚いた実瑚は穂積の顔をじっと見つめた。一日の疲労と緊張から解き放たれた顔をしている。こういう、他人には見せない素顔もいいな、とうっとりしてしまいそうになるものの、今は穂積の話を聞こう。

「姫の耳には入れてきませんでしたが、『橘は不老長寿、永遠の命。食べれば食べるほど健康にも美容にもいい。桐壺の占い師がそう占った』。そんな噂、いえ流言が出回って大変な事態になっています。橘だけではなく、ほぼすべての柑橘類が高騰して野生のものも刈り取られてしまいました。我が橘邸に残っていたわずかな橘の実も先日、何者かによってごっそり盗まれました」

「ほんとに？　ひどい話ね」

「橘の木に残っていた実はすでに傷んでいたり、鳥の食べ残しだったり、状態がよくないものがほとんどでしたが」

「それ、食べるのかな？　おなかを壊しそう。心配」

「そもそも柑橘の食べ過ぎは身体に良くないと言いますね」

実瑚は腕を組んだ。噂では、実瑚が占いによって橘を広めたことになっている。その評判自体はなんとなく名誉を感じて誇らしいけれど、人の邸のものまで奪う行為はいただけない。

そこに、帝の使いがやって来た。急いで来たらしく、息が上がっている。

蔵人と呼ばれる帝直属の文官で、良家の子息が多く就く役職だという。かなりの激務でもやりがいはあるし、なにより女性にモテるので花形の仕事だそうな。

「親王さま、至急お伝えしたい報告がございます！」

「申せ」

先ほどまでの明るい声とは一変、緊迫に満ちた声になった。

「い、院の、北面の武士が、紫宸殿南庭の、橘の実を無断で獲っております」

「北面の武士が橘を？　すぐに行く」

院、というのはもちろん上皇を指す。穂積のおじいさまに仕えている武士が、宮中の神聖な実を勝手に？　内裏の紫宸殿は、重要な儀式を行う特別な場所。

実瑚が驚いている間にも、穂積は脱ぎかけた装束を着直して現場へ向かう支度をはじめていた。

「私も行きます！」

黙って待っていられなくて、実瑚も立ち上がった。

「姫の出番はない。むしろ危険です、ここにいなさい」

「いいえ。だって、私のせいで、橘が。紫宸殿の前に植えてある木……右近の橘っていうのよね。左近の桜と合わせて、あれは帝の木だよね。いくら院でも手出しできない木」

ためらいつつも、穂積は実瑚の姿を見てくれた。姫君修業のために、実瑚は参内可能な正装に近い装束をすでに身につけていることを瞬時に確認した。

「では、姫。なるべくわたしの後ろに隠れているように。扇をしっかり持って顔を隠せますか」

「もちろんです」

頷(うなず)いた穂積は、桐壺の奥の部屋に声をかけた。

「十和(とわ)、姫と出かける。姫の裳(も)を持って来て欲しい」

正装に足りないものを穂積が十和姫にお願いしたところ、すぐに用意してくれたが様子がおかしい。そうだ、最近は実瑚と競うようにして穂積の帰りを出迎えるのに、今日はそれがなかった。

不審に感じた実瑚は十和姫を観察した。体調でも悪いのだろうか。しかし、目の前にいる十和姫の顔色はいつもと変わらないように映った。ややおとなしいのが気にかかる程度である。

「これより紫宸殿まで行く。姫も連れて」

「かしこまりました、唐衣も必要ですね。お気をつけて」

誰とも視線を合わせようとしないまま、十和姫は淡々と実瑚に裳と唐衣を着させている。

「もしや、この件。十和は知っていた……のか？」

ぎこちない十和姫の態度に、穂積も疑念をいだいたらしく、十和姫を問い質(ただ)した。

「存じません。ただ、橘(たちばな)が……内裏にはまだある、とおじいさまへの文に書いただけです」

「おじいさまを十和が焚(た)きつけたのか」

「いいえ。橘の実を探しておいでだと聞いただけです。内裏の橘も鳥や虫に食べられるぐらいなら、おじいさまのお役に立ったほうがよろしいかと」

「あれを勧めるとはどうかしている」

兄妹(きょうだい)の会話は実瑚の背後で続いている。裳を結んでもらっている途中なので実瑚は動けない。口を挟む隙もなくて、もどかしい。

「そうですね、わたくしはどうかしているかもしれません。最近ずっと、桐壺が騒がしくて。ただの客人……化け女狐(めぎつね)のあやかしを目当てに、橘が、巫女(みこ)が、占いが、甘味が、と多くの方が押し寄せて来て、わたくしはくたびれてしまいました。意地悪をしたくなったのかもしれません」

十和姫が次に発することばを、聞きたいような聞きたくないような。実瑚同様、穂積も迷っている気配がした。

「詳しい話は後ほど詳しく聞く。姫、行きましょう」

早く、乱暴狼藉を止めなければ。実瑚は穂積に手を引かれた。部屋を出るときに振り返って十和姫を見たが、袿に埋もれるようにして臥せってしまったので表情は窺えなかった。

＊＊＊

桐壺から紫宸殿を目指す。

後宮は渡殿で繋がっていて、紫宸殿に至るまではいくつもの殿舎を通り過ぎることになる。後宮には后妃と仕える女房、宮中の女官が大勢いる。実瑚はそれらの鋭い視線に耐えなければならなかった。実瑚めがけて暴言どころか、物を投げつけてくる殿舎もあった。

これが後宮の正体か。

『あれが氷の宮さまのお気に入り？』

『小さくて、まだ子どもみたい』

『好みがあんな娘とは、氷の宮さまにはがっかりね』

自分が非難されるのは仕方ないが、穂積まで蔑まれてしまうのはつらい。嘲笑が実瑚を襲う。

扇で顔を隠しながら、もう片方の手は穂積と繋がっているため自由が少ない。しかも急いでいる。足に袴がまとわりついて歩きづらいし、とにかく重い。

急ぎ足についてゆけず、次第に実瑚の歩みが遅くなってしまうと穂積が振り返った。

「申し訳ありません、姫。もうしばらくだけ辛抱してください」

「私なら、だいじょうぶ。右近の橘が心配、急ごう」

「少しだけ止まりましょう。息を整えてください」

明らかに強がっている発言になってしまったことに、穂積は気がついてくれている。唇を嚙み締めながら握っている手に力を込めてきた。こんなに強い力は初めてで、実瑚は目を瞠った。

どん、と右足で、穂積は床板を踏みつけた。床が抜けるかと思った。穏やかな穂積らしくない行動に息を吞む。

「……御簾の内側にいる後宮の女どもよ、黙れ！　人の噂話ばかりして楽しいか？　人を傷つけたり羨んだりする時間があるならば、自分を磨け」

そんなに大きな声が出るのかと驚くほどの声量で、穂積は叫んだ。同行している蔵人も面食らっている。女たちの気配がいっせいに消え、渡殿は静まり返った。

「では、参りましょうか」

「穂積……ありがとう」

「後宮の女どもにはあれぐらい毅然とした態度が必要です。わたしもすっきりしました」

再び、走るように歩く。

庇ってくれたのは嬉しいけれど、自分のせいで穂積の評判が下がってしまいそうで実瑚は不安になった。

紫宸殿の庭に下りたときまでは気持ちが沈んでいたものの、殿舎の正面に立っている二本の木のうち、青い葉が茂っている橘の木に武装した者が群がっている現場を見た途端、感情が吹き飛んだ。

「橘の実がない」

初めて目にした右近の橘だったが、実は獲り尽くされて葉もだいぶ落ちてしまっている。無理によじ登ったのだろう、なんてひどいことを。穂積も実瑚と思いは同じだったようで視線を合わせたふたりはさらに走った。もう、扇で顔を隠している場合ではなかった。

「やめなさい！　ここをどこだと思っている？」

再び、穂積は大きな声を張り上げて命じた。

だが、武士どもは穂積に見向きもしないばかりか、作業の手を止める気配がない。手にした橘の実を次々と袋にいれてゆく。

ちらりと確認した感じでは、実には傷みが多いようだった。食用にするならば、もっと早くに収穫しなければならない。橘の季節はもう終わりなのだ。

「これは帝のものだ、触れるな！」

穂積の悲痛な叫びに、ようやく反応があった。

「穂積親王さまですね。のちほど桐壺へ参るつもりでしたよ、院の文を預かっています」

「揚羽の内大臣か」

武士の後ろより、痩せ型の男性があらわれた。

歳は五十ほどか、冠から覗く鬢には白いものが多い。早春の時季ですら肌は陽に焼けて浅黒く、表情も引き締まっていて険しい。いかにも武術に長けていただろう青年時代が想像できた。

揚羽蝶の文様が入った赤の直衣を着ている。赤は禁色ゆえ不遜に値するが、悪びれもせず堂々としており、憎らしいほど似合っていた。

この人が、揚羽の内大臣。平安宮を、いや都及びこの国すべてを動かそうと院の背後にいる武家の棟梁。

咄嗟に穂積は実瑚の姿を隠すように立ち位置を変えて扇を開いたが、遅かった。

「そちらの小さい姫さまが噂になっている橘の姫君ですね。髪が豊かでなんと愛らしい。

占いを能くするとの評判、聞き及んでおりますよ」

笑顔が怖い。怖い笑顔がこの世にあるとは、初めて知った。けれどもう見つかってしまったのだ、挨拶ぐらいはしておかないと失礼に当たる。

穂積の制止を振り切って実瑚は前に出た。ほぼ庶民の実瑚にしてみたら、人前で顔を晒すことぐらいどうってこともない。隠しているほうが不自由で面倒というもの。ほんの形ばかり、穂積の扇を借りて口もとを隠す。

「初めまして、揚羽の大臣。実瑚と申します」

「これはこれは、ご丁寧に。お小さいが、歳は十二ほどか」

「女性に年齢を聞くのは無礼だと思いますが、私は十七です。身体は小さくても心はいつも大きくて広くあるよう、日々できることを精進しています」

さらっとイヤミも加えた実瑚に、大臣は目を細めた。

「気の強い姫だ、大変失礼をした。まあ、名乗らずとも調べはついているのでね。土御門実瑚、と呼ぶべきか。陰陽道と宿曜術、共に司る占い師だと聞く」

すでに大臣は実瑚の素性を知っているようだった。大臣が後見している弘徽殿の好敵手・穂積に、専属の占い師がついたとあっては心穏やかでないはず。貴族は先例と占いを重んじて生きている。

だけど、盛ってない？　実瑚は頭の中がぐるぐるした。自分は、そんなすごい器ではない。おじいさまに陰陽道を、父には宿曜術を片手間で学んでいるだけ。いずれは双方の懸け橋になれればいいなと考えはじめたばかり。

「……氷の宮と、実瑚。巫女。『ヒミコ』、か」

新しい解釈をされた。占いで一国を治めたという伝説の女王に、穂積と共に見られるとは困惑しかない。

「愛らしい姫よ、こちら側につかないか。東山の家を支援しよう。男なら、氷の宮など霞んでしまうほどの美形を我が家に用意してあるし、甘いものが好みなのだろう？　我が蔵にうなるほど砂糖を積んであるぞ。舶来の珍しい宝も」

強力に勧誘もされてしまったが、実瑚はまったく揺れなかった。

「私は穂積の占い師になって、心を込めてお仕えします」

堂々と宣言する実瑚に、穂積が続く。

「この者の身はわたしが預かっています。誰にも渡しません。あなたにも、院にも、帝に命じられても」

そして再び、実瑚の盾になるようにして穂積は立った。大きな背中に守られている。

「まあよい、それより文を」

大臣は懐から取り出した文を広げ、朗々と読み上げた。

よく通る声は意外といいものだった。戦場ではその声で配下の武士に号令をかけたり、檄を飛ばしたりしたに違いない。

「長いので、詳細は後ほど読んでもらおう。要点をかいつまんで言い渡す。『その娘、貴族の姫を騙った化け狐のあやかしの疑いあり。占術と甘味を使って人々を扇動し、世の中を混乱あるいは転覆させようと企んでいる怖れあり。捕縛して極刑に処すべし』」

驚きというかあきれというか、すぐに反論できなかった。自分が世の中を乱そうとしているあやかし？　どうしたらそんな思考にたどり着くのか教えて欲しいぐらい。

「……十和か」

困ったように、穂積はつぶやいた。

「十和姫がどうかしたの？　確かに最初は鄙の化け女狐って罵られたけど、最近はやさしいし、一緒にいて楽しかった。なにより、大好きな穂積が困ることは絶対にしない！」

実瑚が大臣に突進しそうなぐらい怒っているのを見て、穂積は抱き止める。

「待ちなさい、熱くなると奸計に嵌ります。では大臣、こちらの姫があやかしである証拠をつかんでおいでか？　証拠もなくあやかしと呼ばれて罰せられる覚えはありません」

「橘などの柑橘を食すよう、広めただろう。あれ以来、都では体調を崩す者が増えている。本日の歌会も欠席が多かったのではないか。あれは橘のせいよ。その上、占いをするとはあやしい限りだ。被害の少ないうちに悪しきものは摘み取っておくのが世のため」

単なるあやかしではなく、悪しきもの扱いされてしまった。穂積が支えてくれなかったら倒れていた。野山育ちで強い身体の持ち主と自分を信じていたのに、その自信はあっけなく崩れ、人の怖ろしさをまざまざと感じた。

「貴族の体調不調と姫、それに占いを結びつけるのは安易で早計。おじいさまらしくない。大臣、提案があります。人々の体調不良の原因を調べたい。姫の処罰はそれを待ってはいただけませんか」

穂積は実瑚を信じてくれている。迷いのないことばからも、装束越しに触れている熱からも穂積の気持ちが伝わってきた。

「氷の宮が調査すると？　もし、娘があやかしだとしたら、悪しきものを庇った点で同罪となるがよろしいか」

極刑とは『流罪』を指す。つまり島流し。配流先は必ずしも島ではなかったようだが、都から追放されて、帰京はまず許されず、一生を流刑地で送ることになるだろう。

親王があやかしに連座して流罪など、前代未聞。

「同罪、よろしいですよ。姫と同じ場所なら」

どこかへ出かけるのかぐらいな口調で気軽に、受け入れてしまった。

「いいの？　穂積」

「だいじょうぶです、詳しい話は後ほど。大臣、いつまでも待ってくれませんよね、期限はいかが致しましょう。苦しんでいる人がいるならば、わたしも早く救いたい」

「三日。独断で引き延ばすゆえ、それ以上は待てない」

このおじさん、いや大臣……たったの三日で貴族の体調不良を調べろと？　大臣は実瑚を罰したくて仕方がない様子だ。

「了解です。遅くとも三日後に、院の御所で。それと、こちらで獲(と)った橘は置いていきなさい。これは帝の、宮中のものだ」

「ふん、言われなくてもお返しします。傷んでいて使い物になりそうもありませんが」

いらついたのか、大臣は落ちていた橘の実を蹴った。もともと半分ほど傷んでいた橘は砂をかぶってしまった。実瑚の足もとに転がってきたので、思わず拾い上げる。

「かわいそう……」

実瑚は橘の実に同情して撫(な)でた。自分が蹴られたような気がする。

「その姿が三日後のお前たちよ。傷ついて土砂まみれ。楽しみにしている」

配下の武士に退出を命じると、全員が橘を放り出して内裏を出て行った。

＊＊＊

置き去りにされた橘を集めて桐壺に戻ると、十和姫はいなかった。女房たちも宰相の君を除いて不在である。

「姫さまは安福殿に参られました。しばらくあちらに滞在なさるようです。ご用件は私にすべて申しつけください」

十和姫は父帝のところへ移動したという。話がしたかった。聞きたかったのに。

「逃げたか。いや、今夜からふたりきりですね、姫と……！」

がっちりと強く手を握ってきた穂積。近い、顔が近い。

「時間は待ってくれない、さっそく調査に入りましょうね穂積！」

「……生真面目ですね、あなたは。まあ、そんなところも好ましいですよ。宰相の君、こちらの橘を選別しておいて欲しい。汚れているものは洗って乾かして」

「かしこまりました。終わりましたら北の蔵にしまっておきます」

よろしくねと実瑚もお願いしながら、橘の実の入った袋を宰相の君に任せた。今日も涼やかでうつくしいこの女房、帝の恋人だと十和姫が教えてくれた。穂積は宰相の君について、どう思っているのだろうか。

それどころではないのに、帝と穂積の好みが似ていたらどうしようかと心配になる。宰相の君は女房にしておくのがもったいないぐらいきれいな人だし、つい気になってしまう。

「さあ、まずはどこから調べましょうか」

そう言いながら、穂積は実瑚の装束を脱がせようとした。

「きゃっ！　穂積、な、なにを！　私を調べるなんてそんな」

「なにを、って重いかと思いまして。桐壺に戻ってきたのですよ、裳と唐衣は要らないでしょう……深読みしましたか」

ああ、なんだ……そういう意味か。驚いて損した。自分の脳内が短絡過ぎて恥ずかしい。

ううん、おかしな冗談を言った穂積も悪い。

ひとりでは着ることも脱ぐこともできないため、結局実瑚はおとなしく穂積にされるがままになる。

「あなたの無実が認められるまでは、とりあえず我慢します……とりあえずですよ……巫女姫に触れてもいいのか、それもはっきりしません……ぶつぶつ」

自分に言い聞かせるように、穂積は繰り返している。あえて実瑚も突っ込まない。

「貴族の体調不良、穂積は知っていたのよね」

「噂を耳に挟んだ程度ですが、朝議や行事を欠席する殿上人が増えて政務が滞りはじめています。わたしは単なる親王ですからね、眺めているだけです。たまに帝の補佐をするぐらいでなにもできません。存在していることが仕事みたいなものです。ほとんどの者が物忌みと称して休みますので、ほんとうに不調なのかどうかもあやしくて」

「では、休んでいる貴族の誰かに面会を申し込んで体調を聞いてみませんか。私、実家で父さまの手伝いをしていたから、具合が悪いのか仮病なのかの区別ぐらいならつきます。占ってもいいし」

おとなしく、後宮でじっとしていられない。実瑚は行動したかった。

「いいえ、姫は桐壺を動かないでください。宮中や都についてはわたしが調べます。それに一貴族の体調のためだけにあなたの一日一回占いを使ってしまうのは正直、もったいないです」

「留守番していろって言うの？」

振り返ると、穂積は実瑚の腰から外した裳を丁寧に畳んでいるところだった。しまった、それぐらい自分でやればよかった。家政能力に乏しい自分が恨めしい。

「あなたを危険に晒したくありません。先ほども、怖ろしかったのです。姫が揚羽の大臣に誘われて行ったらどうしようかと、気が気でありませんでした。むしろ、ふたりで流罪のほうが好ましいとさえ願ってしまう浅はかな自分がいました」

「穂積は皇太子候補だもの、心配は嬉しいけれど都を離れたらダメよ。まして流罪なんて」

「そうでした。世を建て直すのがわたしの責務でした。しかし、それを忘れてしまいそうになるぐらい、わたしはあなたを……いや、今言うべきではありませんね」

ことばにしなくても、あふれんばかりの恋情が伝わってきてしまう。恥ずかしくて、でも嬉しくて目が合わせられない。

外での調査と十和姫に事情を聞く役目は穂積が担うことになった。

「落ち着いたら、姫は今後の趨勢を占っていただけますか。大局が知りたいです」

結局、実瑚にできそうなのはそれしかない。大きく頷いて返した。

「帝にも、お話を聞いてね。紫宸殿での騒ぎ、帝の耳にも届いていたと思うのに、出て来てくださらなかった。できたら、『朕の実を獲るな！』って一喝して欲しかったな」

紫宸殿と帝が引き籠っている安福殿はわりと近い。蔵人が動いていたことからしても、帝が知らなかったはずはない。

「昔から帝は院に逆らえません。父は本来、帝位から遠い傍系の親王でしたが、院の強力な押しで帝になれました」

「生まれって、代えられないものね」

帝は、帝になりたかったのかどうか、分からない。

政の実権は院が握っているし、後宮ではたくさんの女性を訪れないといけないし、好きな人をやっと見つけたら嫉妬の末に非業の死を遂げてしまった。穂積や十和姫が支えているけれど、今度は皇太子争いに巻き込まれている。

「父を思いやってくださって、ありがとうございます」

「私が帝のことを考えているって、どうして分かったの」

「姫は分かりやすいですよ、いい意味で。宮中は腹の探り合いばかりで疲れます。あなたのそばにいると、休まります」

穂積は実瑚に寄り添って目を閉じ、身体の重みを預けてくる。一時は良くなった顔に濃い疲労が滲み出ていた。実瑚はそっと穂積の頬を撫でた。

ゆっくりと、穂積の目が開いた。澄んだ双眼は、実瑚だけを見ている。

甘い雰囲気が漂っているのが鈍感な実瑚にも分かった。お邪魔虫はいないし、そもそも穂積は婚約者。甘いものが欲しくなる。穂積も同じ気持ちのようで、見つめ合うだけで身体が熱くなる。こんなの、初めてだった。

でも、ダメだ。こうしている瞬間にも、苦しんでいる人がいる。時間もあまり残されていない。焦るばかりでため息が漏れたのを、穂積に聞かれてしまったようで苦笑いしている。

「まずは落ち着いてこれからの話をしましょう。私は出仕を休んでいる貴族を調べます。後宮のほうは宰相の君に聞いてみてください。あの女房は交友関係が広いゆえ、なにか情報を持っているかもしれません」

甘さはどこへやら、穂積は身を起こしてさっと気持ちを切り替え、淡々と話しはじめた。

これもこれで悪くないがちょっと残念でもある。

「穂積も宰相の君みたいな、きれいで賢い人が好み？」

なんとなく聞いてしまったが、言って後悔した。これでは宰相の君に嫉妬しているようではないか。興味深そうに、穂積が口角を上げた。目は笑っていない。

「気になりますか？　父の恋人に息子が横恋慕していたらどうします？　宰相の君は『橘の女御に似ている』らしいので」

「いくら母上に似ていても、穂積はそんなことしない。多分」

「大変な信頼ですね、光栄です。わたしには、姫がいます。ほかの女性は必要ありません。これからどのような困難があっても。忘れないで」

「……はい」

頷くことしかできなかった。私も穂積しかいないとか、穂積がいいとか、もっと応えられたら最高なのに、ことばが出てこなくてもどかしい。

　そんな気持ちの揺れすら、穂積は気がついて汲(く)み取ってくれる。

「ゆっくり進みましょう。わたしたちは二世を誓って夫婦になります。約束しましょう、今生でも来世でも夫婦です。正直なところ、あなたの愛らしさを喜びつつもどうしたらよいのか途方に暮れています」

　そう言って、頭を撫でてくれた。

　灯(あか)りがともったかのように、胸がぽっとあたたかくなった。やさしい灯りが実瑚の心を照らす。ひとつだけだった灯りは、ふたつみっつと増えてゆく。動揺していた心がすっかり鎮まった。

「占えそう。穂積、私の手を握っていてください……調息(シャンティ)」

　息を吐く。深く吐く。

　すぐに観(み)えてきた。

　まず、十和姫の顔が映った。

　表情は強張(こわば)っていて暗く、いつもの明るさがない。手には壺(つぼ)を持っている。舶来薬の入った白磁の壺だった。帝が手放せない、甘い甘い美味なる薬。帝に飲ませるのだろうか、薬を碗に移して白湯に溶かしている量がとても多い。

　適度な運動に加え、過食と薬をやめてから穂積は痩せたと話していた。

　舶来薬は院に願い出れば誰もが無料でもらえるという。とはいえ、院の御所に出入りできるのは上流貴族かせいぜい財産持ちの中流貴族に限られている。

　薬は毒にもなる。帝を含め、名のある者たちが薬漬けになったらどうなる？

　そこで、瞑想が途切れた。

　占いを観ている間、ずっと心地よい気がしていたが、実瑚は穂積の胸に抱き止められていた。穂積の使っている香の匂いに包まれる。上品でさわやか、それこそ初夏の橘の花のような香り。

「橘の実が悪い扱いをされているけれど、もっと根深いものがありそう」

　実瑚は観えたものを穂積に話して聞かせた。

＊＊＊

　桐壺は静まり返っている。

　穂積は調査に出かけてしまった。

今晩は戻れないかもしれないという。調べを任せっきりにするのは申し訳ないものの、実瑚には貴族の知り合いもいないし、お荷物になるだけ。それに、実瑚の存在は引き続きできるだけ隠しておきたいらしい。

一緒にいたいような、いたくないような。

近くにいたら、甘えてしまいそうになる。

「こんな非常時に、ダメだな私って」

しっかりしないと。自分は自分にしかできないことを。

陽が傾いて辺りが暗くなってきたが、書物でも読んで勉強の続きをしようと思い立ったところに、宰相の君が入ってきた。

「実瑚さま、お寒くございませんか」

廂の間のかなり端近で考えごとをしていたので、防寒具代わりに袿を持ってきてくれた。

「ありがとうございます。足もとにかけておこうかな」

ちらりと宰相の君の顔を窺う。

室内に灯りをつけてくれている。顔だけではなく、動きもきれいだ。声も愛らしいし、よく気がつくし、控えめだし。

内親王である十和姫に仕えているということは、宰相の君にもそれなりの身分があるのだろう。実瑚よりも高貴な生まれに違いなく、お世話してもらっているのが申し訳ない。

「桐壺にはあなたしか残っていないの？　ほかの女房は皆、十和姫について安福殿へ？」

純粋に疑問に感じたので尋ねたが、宰相の君は困ったような顔をした。美女は、眉を顰めてもうつくしかった。

「すみません。実瑚さまとは話をしないように、十和姫さまより命じられております」

「なにそれ、勝手にいなくなっておいて。ね、少しだけ」

「……ほんとうに少しだけですよ」

機嫌を損ねたら厄介だと悟ったのか、宰相の君は実瑚とは離れた場所に座った。

「あなただけ、ここに置いていかれたの？」

「いいえ。安福殿へ行かれたのは十和姫さまのみです」

「安福殿への使いは、あなたが多いって聞いたけれど」

「たまには、父娘ふたりきりの話もおありでしょう。では私はこれで」

「待って！」

さっさと会話を打ち切りたい、いかにもそんな素振りだったため実瑚は食い下がる。乱暴だなと思ったが、飛びついて宰相の君の袿の裾を手で押さえた。

「十和姫のことは分かった。でも、ほかの女房はどこ？　桐壺がいくら人少なとはいえ、あなた以外にもいたのに」

「しばらく休暇をいただき、全員宿下がりを」

「帝お気に入りのあなただけを残して？」

「桐壺を無人にはできません。連絡係として居残っております」

「……ちょっと前にね、気分転換に甘いものでも作ろうかなって厨に入ったの。そうしたら、大量の粥が炊かれていて。ひとりの分にしては多過ぎる量だった。あなたなの？」

しつこく質問攻めをする実瑚に対し、宰相の君はさすがにいらついた表情を浮かべた。

「私、こう見えて大食いなんです。普段は隠しているのですが、誰もいないのをいいことに粥を作りました」

「苦しい嘘。女房たちは桐壺に残っているのね。ここは広い。居候の私に見せていない部屋は、たくさんあるはず。かなり軟らかい粥だったし、誰か体調でも崩したとか？」

「粥を軟らかく炊けば、米をあまり使わないぶんたくさん食べても大事ないかと」

「まだ大食い説を唱えるつもり？　女房が寝込んでいる場所に案内しなさい」

「親王さまにお許しをいただいたとはいえ、厨に出入りする姫君など聞いたことがありません。迷惑極まりない御方ですね」

「それは私も思うわ、おかしな姫だって。でも甘いものが大好きなの。食べるのも作るのも同じぐらいに」

笑顔の実瑚に促された宰相の君は、わざとらしくため息をついて仕方なく立ち上がった。

桐壺は寂れているが広かった。

実瑚が使わせてもらっている場所はほんの一部に過ぎない。

「私が教えたことは、十和姫さまには黙っていてください」

「もちろんです。私が占いで当てたことにする。そのほうが十和姫も驚くでしょ。いつも上から目線だし、一回ぐらいざまぁしてみたかったの」

連れて行かれたのは塗籠（ぬりごめ）だった。押し入れ的に使う空間で、開放的な貴族の住まいにしては珍しく扉がついていて、密閉できるようになっている。女房は五人ぐらいいたはずだから、ここに四人いる計算になる。

静かに、宰相の君が扉を開けた。

暗く、閉じ込められた狭い場所で、互いの装束に埋もれるようにしながら四人が寝かされていた。空気が淀（よど）んでいる。

「ここに、いつから？」

「今日の午前（ひる）です。十和姫さまのご指示で」

「全員、引っ張り出して。こんな狭い場所にいたら病気じゃなくても病気になる」

ぐったりとして重いけれど、実瑚は女房を担いで塗籠から引きずり出した。灯りを持って来させて皆の顔色を確認する。重篤ではないと思うが、良くもない。

「腹痛がひどいのです。おなかが痛いと呻くので、実瑚さまに見つからないよう、塗籠に入れておきなさいと」

「おなかが？　おかしなものでも食べた？」

「……おかしなものではありませんが、その者たちは橘の食べ過ぎです。橘が不老長寿、美にも効果があると聞いて食べ尽くしました。実瑚さまが持っていた橘も盗み食いしました。知っていたのに黙っていて申し訳ありません」

橘の食べ過ぎで、腹痛？　水分が多いせいか、一気に摂取すると身体が冷えてしまう。それを、したというのか。酸っぱいのに？

「まずは身体をあたためてあげよう。大量の橘が身体にいいっていうのは、噂よ。季節外れになってきたし、傷んでいる実も多いの」

実瑚は着ている袿を脱いで女房たちの身体にかけてやる。新しい衣を持ってきてもらうよりも、自分が身につけている袿のほうが体温を吸っていてあたたかいはず。実瑚の動きを見た宰相の君も倣う。

さすがに四枚も脱いでしまうと、今度は実瑚が冷えを覚えた。春とはいえ、陽が沈むと寒いぐらいだ。宰相の君はすぐに新しい袿を実瑚に持ってきてくれた。

「今夜はここで寝ましょう。少しでも室温が上がるように、皆で」

寝所の周りに几帳や屏風を幾重にも立てかけ、運べるだけの夜具と火鉢を運び入れた。

その夜、実瑚はほとんど寝ずに女房たちの看病をしたが悪くなる者は出なかったので、ほっとした。

おいしそうに粥を食べはじめる女房もいて、桐壺には明るさが戻った。

ほかの殿舎にも同じような症状の女房が多いらしく、橘を止めて身体をあたためるように後宮を触れ回って歩くと快復した女房は言っていた。

念のため腹痛に効く薬を取り寄せて飲ませることもできたし、実瑚の出番は終わった。

実瑚は簀子縁の日なたで寝っ転がっている。桐壺で、この場所がいちばん気に入っている。

あたたかいし、眠い。休みたい。

けれど橘のことをもっと、追わなければならない。

ここの女房のように、橘をはじめ柑橘の食べ過ぎによる腹痛ならば実瑚にも対処できるが、ほかの貴族も同じかどうかは分からない。

でも、眠い。とても眠い。眠気に引きずり込まれそうになる。

眠っている場合ではないのに。少しでも調べて……今日の占いはどうしようか……穂積の調べはどこまで進んだだろうか、などと目を閉じていると意識が途切れ途切れになってきた。

まずい、ほとんど寝ている。

起きないと。動きたい気持ちはあるものの身体が言うことをきかない。

そのうち穂積の顔が浮かぶようになってきて、とうとう幻まで観えてきた。きれいな顔だ。ダメだ、寝不足は、よくない。

……

……

「わ!」

目が覚めて驚いた。すっかり寝てしまっていた。時間が惜しいのに。

「ねえ、穂積もそう思うよね」

「はい。わたしもそう思います」

ほら、やっぱり。思った通りの答えが……返って……きてしまった？

「よくお休みでしたね、姫」

穏やかな穂積の顔が自分の顔の真上にある。いったいどうしたのか、この状況。もしかして、夢？

日なただったはずの簀子縁はだいぶ暗くなっていて、陽が動いたと分かる。実瑚の身体には、寝具代わりの袿が追加で掛けられている。

そして、実瑚の頭は穂積の膝の上にあった。髪を撫（な）でてくれているのが心地よくて動けない。夢ではなさそうだった。

「愛らしい寝顔でしたよ、ほら、涎（よだれ）が」

見られていた！　し、しかも涎が垂れて……いなかった。慌てて袖で拭こうとしたけれど、さすがになかった。穂積の冗談だった。

「趣味が悪いよ、穂積ったら。起こしてくれればよかったのに」

「しかし姫は昨晩、夜通しで女房の看病に当たってくださったとか。宰相の君から詳細は聞きましたよ、お疲れさまでした」

「……だって、目の前にいる具合の悪い人を放っておけない」

「桐壺の女房は、皆快復して仕事に復帰しています」

「よかった！」

疲労と困憊(こんぱい)している姿での膝枕は恥ずかしいが、女房たちの快復は喜ばしい。

「そろそろ起きたいんだけど、放して？」

「もう終わるのですか。この至福のときが限りなく続いてほしかったです」

「昨日調べたことを教えて欲しいの」

ようやく起き上がれた実瑚は姿勢を正した。凛々(りり)しい皇太子候補と向かい合うと、改めて照れる。どれぐらいの時間、身を預けてしまっていたのだろうか。相当重かったはずだ。

装束の裾の乱れを整えて心を切り替える。

「……穂積の調べたあたりは、どうでしたか」

「帝と十和姫に面会できました。右近(うこん)の橘(たちばな)騒動に心を痛めていました」

「安福殿に十和姫もいるのね」

「はい。院宛ての文でそれとなく右近の橘の実を勧めたと認めました。しばらく、地味に過ごしてもらえるように手配済です。騒動になってしまったことを深く反省していますので、おとなしくしているでしょう」

橘の件はもちろん、調子が悪くなった女房を塗籠に押し込めた点も問題だと思う。今回は助かったから良かったが、毎回うまくいくとは限らない。けれど、告げ口する形になってしまうのもどうかと考えた実瑚は穂積にはひとまず内緒にしておく。

「こちらの女房は、橘の食べ過ぎと腹痛で軽症ですか」

体調を取り戻した桐壺の女房が後宮のあちこちに出かけ、腹痛の女を看病している。

『橘はもういらない』と言って押しつけられて戻って来る女房もいた。北の蔵は橘であふれ返っているに違いない。

「女性にとって冷えは禁物。簡単に片づけないでくださいね」

「了解しました。後宮の女房たちの問題は解決しそうですが、出仕を休んでいる貴族は症状が重いようなのです。倦怠、不眠ならまだしも、昏倒の例もあるようで」

「柑橘類の食べ過ぎではそこまでの症状にはならないはず」

穂積は、休んでいる貴族の名簿と地図を作っていた。名前、役職、住まい、病の症状が瞬時に判別できるよう、詳細に書き込まれている。字が小さかったため思わず覗き込んでしまった。

「すごい、分かりやすい」

「帝の蔵人を借りて、式部省や太政官で調査させました。あの者たちは有能です」

褒めているけれど、穂積の人づかいは意外と荒いようだ。

名簿は、大納言、中納言、右大将など高位の貴族からはじまって中位の者まで広がっている。蔵人が集めた噂もまとめられており、西国を中心とした国司の邸でも病に倒れている者がいるらしい。橘が広まる以前より体調不良との例もあった。

都の地図にも目を移す。こちらはさらに顕著だった。

「院の御所近くに住んでいる貴族か、院の近臣が多いのね。この、西国というのは穂積なら、どう捉える？」

「おそらくは、院の背後にいる揚羽の大臣と関係が深い貴族かと。大臣の勢力基盤は西国ですので」

大臣は都の西側に荘園を多く持ち、海も制してひそかに大陸と交易も行っているという。莫大な富を得て武力を強化、さらに拡大を続けている。

「待って、占ってみる……調息」

名簿を持ったまま、実瑚は胸の前で手を合わせる。

体調不良、西国、交易。院、大臣。そして、海。船に乗って運ばれてくる壺が観えた。

十和姫が持っていたあの白磁。瞑想に繰り返し出てくる、あの品。甘い、甘い、くせになりそうな美味な薬。

「橘のときと理由は同じ、摂り過ぎ。舶来の、甘い薬による、中毒……？」

瞑想が途切れ、実瑚に占いの結果が浮かんだ。

「いいですね、姫。素早く占えるようになっていますよ」

「今の瞑想、すごく自然に入れた。想像を膨らませる道具があると、占いを助けてくれるのかも」

前に、穂積の扇を借りて相性占いをしたときにも、滑らかに答えが出た。実瑚は徐々に手ごたえをつかみつつある。穂積も喜んでくれていた。

「身分の高い貴族は院の御所で薬をもらい、国守ら受領(ずりょう)層は海の安全を保障する代わりに大臣から舶来の品、つまり薬を横流ししてもらっているのではないでしょうか。播磨(はりま)・備後(びんご)・安芸(あき)・周防(すおう)など瀬戸(せと)の海には海賊がいますし、潮の流れも早く航行が難しいと聞いています。地元の民に協力してもらえたら格段に通りやすいでしょう」

「そっか、取り引きしていたのかも。適量の橘は身体に良いと思う。だけど、食べ過ぎは良くない。あの甘い薬も、きっと」

適量を超えると、身体に異変が起きる。ふたりは目を見合わせた。

「なるほど、薬についておじいさまに聞いてみましょう。面会を申し込んだら断られるかもしれません。いきなり行きますよ、姫」

＊＊＊

いきなり、とはいえ院に会うには支度が必要。院は、前の帝である。今上帝と会うのと同じぐらい敷居が高いし、実瑚にとっては初対面となる。

「また正装か」

きらびやかでうつくしいのはいいけれど、重い。重過ぎる。重ね着するので十二単と呼んでいるが、十二枚着るという意味ではない。過去には二十、三十枚の例もあったらしい。三十枚も着たら絶対に動けなくなるのに、そういう猛者の記録が残っている。

十和姫も女房たちも出払っているため、適当に借りようと言って穂積が十和姫の装束を引っ張ってきた。

「桜襲にしました。明るい色合いはあなたに相応しいです」

「勝手に借りていいの？　橘の女御さまの装束を借りて着たら、十和姫が激怒したばかりなのに」

「正直、桜色は十和姫にはもう若過ぎます。妹も『この装束は似合う人に贈りたい』と、こぼしていました。あ、今の話は内密に」

着付けも穂積がしてくれる。恥ずかしくてたまらないが、自分ひとりではできない。とはいえ、穂積でも時間がかかった。するっと女装束を着させられる人も、手馴れていそうで困るが。

穂積も正装である黒の束帯に着替える。今度は実瑚が手伝うものの、装束のつくりを知らないために手こずる。ちょうど桐壺の女房がひとり戻ってきたので助けてもらった。

貴族の妻は夫の装束を用意すると十和姫が言っていた。もっと学ばないといけない。

「なにも束帯でなくとも。直衣か、親王さまなら狩衣でも通れますのに」

支度の大変さに女房が不満をこぼした。

院の御所は、宮中よりも開放的でしきたりに寛容。つまり、ゆるい。正装でなくても良いので、女房も不思議に感じたようだった。

「おじいさまには礼を尽くしたいのでね。時代遅れ感がある？」

束帯は着付けの面倒さと堅苦しさゆえ敬遠されつつある。武士が出てきて政治が改革されたように、装束にも変化の時が訪れていた。

「い、いいえ。普段よりもさらにご立派なお姿でございます。目の保養、冥途の土産かと！」

問われた女房は穂積を称賛した。この女房も朝までは腹痛で倒れていたが、すっかり元気を取り戻した様子。

「冥途の土産にはまだ早いよ。桐壺の皆には世話になっているゆえ、近々良い装束を支度しよう。では姫、参りましょうか」

実瑚は穂積が用意した牛車に乗った。牛車は人生二度目の乗車。院の御所は内裏の北東、白河と呼ばれる場所にあるという。

「途中、橘邸に寄ります。よいものを見つけました」

よいもの？　教えてくださいとせがんだが、『到着すれば分かります』の一点張りだった。

都の中に位置しながら野趣豊かな橘邸には、春が早く訪れるらしい。

「ご覧ください」

穂積が牛車の物見窓を開くと、橘邸の庭では早咲きの桜が一本だけ、咲いていた。

「わあ、きれい！　すごくきれいね穂積！」

「昨日こちらへ帰ったら、だいぶ花がついていて。今日ならもっと花が咲いているかなと思いまして」

　牛車を降りて間近で見られないのが残念なぐらい。五分咲きといったところだろうか、しっかりした花がついていて、多少の風が吹いても揺れるだけで散らない。

「こんなに見事な花をつける大きな桜は、山の中でもなかなか出会えないわ」

「樹齢は百年近いと言われています。これへ」

　どうするのだろうかと見守っていたが、穂積は下働きの者に命じて桜の枝をひとつ、折って持ってこさせた。

　近くで見ると、いっそう華やかだった。花びらが幾重にも広がり、薄い紅色が心を躍らせる。

「桜襲のあなたに贈ります、と言いたいところですが、それはおじいさまへのお見舞いの品です。『院の孫と、桜の精が春の便りを届けに来た』と言えば、門前払いはできないでしょう」

　もうひと枝、穂積は手に桜を持っている。花はたくさんついているけれど、中指の長さぐらいの短い枝。それを、器用に実瑚の髪に挿し込んで髪飾りにした。鏡もないし、自分の姿を見られないのが残念でたまらない。

「約束です。あなたとの花見は、後日散ってしまう前に必ず」

「は、はいっ」

桜の精？　そんなに愛らしいのだろうか自分は。でも、人々の目にそう映るよう、努める。

実瑚は背筋を伸ばした。

＊＊＊

牛車は、歩いたほうが早いのではと疑いたくなるような進みで、いつになったら到着するのかといらいらしたが、院の御所が近づいてくると、牛車や人の流れが増えてさらに遅くなった。

焦る実瑚を見かねた穂積は、昔の話を披露してくれた。

穂積のおじいさまは出家の身であり、ここ白河の地にいくつもの寺院を建立したという。大伽藍に多重の塔。一帯は荘厳な雰囲気に包まれていて、実瑚の目には宮中より栄えているように映る。どれだけの財力と労働力、それに歳月をつぎ込んだら完成するのか、想像がつかない。

「思い出しますね、こちらに住んでいた当時のことを。数年で宮中に戻りましたが、おじいさまはわたしたち兄妹をとてもかわいがってくださいました」

「たくさん食べて、穂積がまるっとしていたころのことね」

「遠慮ありませんね、姫は。そうです、わたしがまるっとしていた身体を変えたいと思いはじめたころの話です。わたしたちの母は、もともとおじいさまにお仕えしていました。それを帝が見初めて……奪って後宮に移しました」

「奪って？　攫ったってこと？　引きこもりな帝なのに、昔は熱かったのですか」

今の帝からは想像しづらいが、穏やかな実瑚の両親も駆け落ちしているので恋は人を変えるのかもしれない。

「過去には橘氏も名門貴族でしたが今は藤原氏、そして武家の時代です。帝の女御にまでなったのですから母は破格の大出世でした」

「あの……、母上は院に……なんていうか、その……」

聞きづらい。でも、確認しておきたい。

「院に仕える女官でした。器量が良くて賢かったのでおじいさまに気に入られていたという話ですが、寵は受けていないと信じています。ただ、父とおじいさまは母の件でこじれてしまい、仲が悪いままです」

ちょっとだけ、ほっとした。もし、院と女御が深い仲であれば、穂積は院の御子だという可能性だって出てくる。それはないと実瑚も信じたい。穂積も十和姫も父帝を大切にしている。

穂積は親王特権を使い、どの門も牛車に乗ったまま進む。身分が低かったら早い段階で下車しなければならない。

さすがは院の孫で親王さま、島流しの危機に晒されている緊急事態の現在は、あらゆる手段を利用している。不安だが、実瑚も桜の精のふりをするのは最低限で済みそうだ。

「着きました、こちらで降ります」

牛車の乗降作法も、穂積に教えてもらう。

大ぶりな桜の枝を両手で抱えるようにして持っているため、扇や袖で顔を隠すなどの動きはできなかったが、視界が開けているのであらゆるものが見える。

寺院に囲まれるようにして建っている院の御所はまだ新しく、木の香りが高い。戸や障子、柱に至るまで丁寧に細工が施されており、御所全体が芸術品のようだった。

やっぱり、宮中より賑わっているようにしか思えない。

凛々しく颯爽と歩く穂積の姿が素晴らしいが、実瑚の桜もなかなかの注目を集めている。

「親王さま、困ります。お約束されていませんよね」

当然、院の近臣が出てきて進路を阻んだ。寄進と追従で重用された中流の貴族だろう。無断で参上した穂積を留めようとする。できれば早く帰って欲しいという気持ちが実瑚にも伝わってくる。

「わが邸の桜が咲いたので、おじいさまにお届けに上がった」

「院はお休みしていらっしゃいます」

「どこかお悪いのか。ならばお見舞いだ」

「困ります、どうか。それに連れは、噂になっているあやかしでしょう。素性の不確かなものを院の御所に入れてはなりませぬ」

桜の精は表情を変えてはならない。ほほ笑みをたたえ、春を言祝ぐべき。実瑚が軽く笑いながら院の近臣を鋭く射るように見たところ、近臣は怯えて後退して柱にしがみついた。

「ひい、あやかしが睨んできた」

効果は絶大で、実瑚は心の中で苦笑した。そんなに怖かっただろうか。

穂積は床面を踏み鳴らして近臣を威嚇し、声を上げた。

「どけ、下郎。あやかしではない、これは桜の精だ。おじいさまに伝えろ」

勝手知ったる院の御所、穂積は実瑚を守りながら歩みを止めない。実瑚を怖れてか、誰も声をかけてこなくなった。

「こちらが院の御座所です」

強行突破するしかない。ふたりは突入した。

まだ明るい時間なのに室内は暗かった。院は休んでいると言っていた。ほんとうに寝ているのだろうか。それは、ただの昼寝かそれとも具合が良くない？

「おじいさまの部屋はいつも暗いのですが、それにしても今日は特に。おじいさま、穂積です。いかがされましたか」

声を張り上げつつ、居室の奥に垂れ下がっている御簾に近づく。常ならばその向こうに座っているらしい。

護摩の匂いがきつい。お寺みたいだ。それとなにか、うなるような低い音が聞こえるが、返事はない。

「おじいさま……？」

「ようこそいらっしゃいました、氷の宮。それに占いを能くするあやかし姫」

御簾を掲げてあらわれたのは、揚羽の大臣だった。

「大臣、おじいさまに会いたい。入るぞ」

「御寝中です」

「ならば待つ。春を知らせに来た。根雪がいつか融けるように、眠りも覚める」

「いつになるか分かりませんよ」

大臣の制止を振り切って穂積は実瑚と共に院のそば近くへ進んだ。

咳込んでしまいそうな護摩の濃い香りに包まれ、院は寝ていた。医師か薬師が隅に控え、それに僧侶が数人でお経を唱えて加持祈禱を行っている。お寺みたいだと実瑚が感じたのは正しかった。

首より下、胴と手足は寝具に包まれているので見えないけれど、顔色が悪い。息も浅くて苦しそう。御座所は帳台に変わっていた。

休んでいるというよりも、臥せっていると表現するほうが合っている。院は病に倒れていた。

「いったい、いつからこのような状態に」

穂積は医師らしき男性に詰め寄った。

「いや、いつから、というか、徐々に横になっている時間が増えました、としか」

「なぜ早く教えない？」

「院の御所では最良の治療を施していますゆえ」

つまり、穂積に連絡しても意味がない、と宣告されたも同然だった。もっとこまめに訪問するべきだったと穂積は悔やんだようで、唇を嚙みしめて俯いてしまった。ここは院の御所ではなく、揚羽の御所になっている。

「姫、占えますか。おじいさまを観て欲しいのです」

「観るではなく、『診る』に近いですね……」

しかも、本日二回目の占いになる。期待に添いたいけれど、なにも観えないかもしれない。

自分を信じてくれている穂積を、がっかりさせたくない。たとえ観えたとしても、助からないことが分かってしまったら。伝える勇気が自分にはあるのか。

とても、こわい。すごく、こわい。

しかし、実瑚は迷うことよりも占うことを選んだ。目で穂積に合図を送り、実瑚は膝を進めた。

「帝(みかど)より遣わされた術師だ、どきなさい」

いい場所に陣取っていた僧侶を穂積が押しのけてくれて、実瑚は院のすぐ脇に座れた。

院は、苦しそうにうなされている。政治を、この国を動かしている存在だが、痛ましい姿だった。つらさを取ってあげたい。思わず、実瑚は桜の枝を脇に置いて院の手を握っていた。ひどく冷たくて驚く。

「おひとりでよく耐えましたね、院。おつらかったですよね、お疲れさまでした」

水分が多くてむくんでいる手を握り、すぐに実瑚は調息して瞑想(めいそう)に入った。血や水分の巡りが良くないと、強く訴えかけてくる。それに手指が黄色に染まっていた。橘の実を食べ過ぎたのだろう。

瞑想を解いた実瑚は院の手指をさすりはじめる。出家していて僧体なので剃髪している院の、肌つやの悪さが目立つ。

「舶来薬は飲んでいますか」

医師に尋ねると、目が覚めるたびに必ず飲ませていると返ってきた。

「薬はただちに中止してください。代わりに、食事には野菜を増やして。甘いもの、塩辛いものは控えて。食べ過ぎはダメです」

院の手を揉むよう、穂積にお願いして実瑚は院の足をさすった。少しでも水の流れが良くなればいい。調息していなくても、どこに水が滞っているのか触るだけで分かる。

以前、実家に担ぎ込まれた患者と症状が似ていた。父の診断は、日々のお酒の飲み過ぎだった。この時代のお酒は甘い。あの薬も甘い。じわじわと身体を蝕むところも似ている。

実瑚の占いが合っていれば院は助けられる。

「やりましたね、姫。今日、二度目の占いができましたよ」

手の動きは止めずに、穂積が小さな声で話しかけてきた。

「二度目？　ああ、そうでした。私ったら、夢中で」

「姫は相変わらずですね。でも、そんなところにも惹かれます。あとでたくさん褒めて差し上げます」

「恐れ入ります……」

人目があるうえ、厳しい状況に置かれているので会話は短いものになってしまったが、穂積のことばは実瑚をやさしく包んだ。嬉しくて、院の足をさする手に熱が入った。

しばらく続けていると、院が目を覚ました。

「……桜、か」

まず、桜の枝が院の視界に飛び込んできたようだった。

「おじいさま、穂積です」

聞き取りやすいように配慮したやさしい口調で穂積が話しかけると、院はゆっくりと頭を動かして穂積のほうを向いた。

「おお、穂積か。橘の」

「桜の花が咲きましたゆえ、お見せしようと」

「それは嬉しい。こちらへ」

穂積は院の顔間近まで桜の枝を寄せた。ああ、院は目が悪いらしい、と実瑚は悟った。

だから室内も暗くしてあるのだろう。

「我が橘邸の早咲き桜です」

「見事だ」

ふたりの会話を聞いている限り、院の受け答えはしっかりしている。

「あの、こちらをどうぞ」

実瑚は、白湯をもらって淹れた橘茶を勧める。

「薬か」

「お茶です」

いきなり知らない者に飲み物を勧められても、飲む気は起きないはず。まずは自分で飲み、穂積にも飲んでもらった。碗を受け取った院は、喉が渇いていたようでなにも言わずに口をつけた。

「これは、さわやかな味わいだ」

「橘の実の皮から作ったお茶です。身体に響くような成分は濾してありますのでご安心を」

「ほう、橘の。気に入った、もう一杯くれ」

院はおかわりを所望してくれた。

「紹介が遅れました、こちらの者は実瑚と申しましてわたしの婚約者です。占いを能くする姫でもあります」

「桜の精でよい」

きっぱりと断言した院に、穂積は言い直す。

「おじいさま、聞き取りづらかったでしょうか。わたしの正妃になる姫ですよ」

「髪に桜の花を挿して桜の枝を持って来たではないか、春の使者だ」

「いや、これは……」

「私は桜の精です！」

それでいい、実瑚は穂積を制した。土御門実瑚には、貴族を欺いている嫌疑がかかっているので捕らえられてもおかしくないが、桜の精ということにしておけば逃れられる。

「桜の精が、院にこれから申し上げにくいことを敢えて言います。院は舶来薬を飲み過ぎです。服用しないと誓ってください。そうしないと、来年の春は訪れないかもしれません」

「あれは薬だ、万能の。誰もが飲めるわけではない。それを奪うのか」

「薬は、間違った使い方をすると自分に返ってきて命を縮める場合もあるとご存じですか。薬は、毒にもなります。あれは『砂糖』ですね」

舶来薬……砂糖は甘過ぎる。甘いからこそ憧れる。人を驚かし、喜ばせられる貴重な薬になった。

実瑚だって、甘味が大好きだ。それを取り上げられたら悲しいし、怒りさえ覚えるはずだ。

「お酒もお好きでしたら控えめに。橘や柑橘は適量なら、長命にはならないかもしれませんが、身体に良いです。ほどほどに」

あれはダメ、これもダメではつまらない。実瑚のことばに、院は小さく頷いた。

「……来年も、次の年も春の便りを聞きたい」

「召し上がるものを変えていきましょう。少しずつでも取り組めば、必ず良くなります」

「手厳しい桜の精だな。薬は、やめる」

院に受け入れてもらえた。嬉しい。今後、どのような食事を用意すればいいのか、父に相談しよう。できたら、運動もして欲しい。

桜の精の説得を院が素直に聞いているので、穂積も心の底から安堵した様子でほほ笑んでいる。

「そうだ、十和姫に！」

突然、院が声を張り上げた。

「帝の薬が足りないと十和姫からの急ぎの文に記してあったゆえ、揚羽に託してしまった」

「大臣に？」

穂積と実瑚は顔を見合わせた。院の御座所へ入るとき、もっと悶着があると覚悟していたが案外すんなり通してくれたのは、大臣自身が宮中へ行くためだったのか。

ざっと御所の中を確かめたが、大臣がいない。従者の報告によると、車宿に大臣の牛車がないという。

「少しでも早く。牛車では間に合わない。馬を！」

院に薬の回収を依頼されたふたりは、帝のもとへ急行する。

五、桜の姫は未来を言祝(ことほ)ぐ

安福殿(あんぷくでん)。

十和(とわ)姫は迷っていた。

こちらに移ってから知ったが、帝(みかど)が薬をもっと多く飲みたいと渇望している。

これまでは基本、日に二度、朝夕の服用だったが、日常の水分補給として飲む白湯のように飲みたいと訴えてきた。

毎回美味(おい)しそうに飲むのでせがまれるがまま勧めていたのだけれど、口にするのは薬だけで食事をとらない日々が続いていた。十和姫の独断で薬を薄めたり、出し渋ったりするとひどく叱られる。白湯は熱いほうが薬はよく溶けると帝が発見してしまい、口内を火傷(やけど)する事件もあった。

帝は少し、太ったような気がする。

兄の穂積(ほづみ)に相談したいのに、兄は占いの娘に夢中。右近(うこん)の橘をおじいさまに伝えた件でいずれ怒られるのかと想像するだけで話し合うことをためらってしまう。

貴族がこぞって飲んでいる薬だ、身体によいと信じられている。

ここしばらく、十和姫は父の代わりに院の御所へ薬をもらいに通っていた。父とおじいさまは不仲ゆえ、十和姫がいないと薬が手に入らない。父の役に立っている気分が味わえ、たまの外出も楽しくて断れなかった。

だるさが取れないので、薬をもっと増やすと宣言したときは困った。

仕方なく、十和姫はおじいさまへの文で正直に伝えた。『帝がたくさん飲みたがっている』と。

おじいさまはすぐに薬を手配してくれた。届けに来たのは揚羽の大臣だが、勿体ぶってなかなか献上しようとしない。安福殿に到着して時がずいぶん経ったのに、べらべらとお喋りを続けていて、前置きがとても長い。その傲慢さが鼻につく。

薬を持っていなかったら会いたくない人物。大臣の位を得ているのに宮中へはほとんど姿を見せず、院の御所に入りびたりの不敬者である。

帝は薬のためならばなんでもやると繰り返し公言し、人が変わったようにさえなっており、完全に依存していて心配だった。今も薬をくれる大臣のことを信奉しているようで、大臣の長ったらしい自慢話をずっと聞いていた。

こんな状態の帝に引き続き薬を飲ませていいのか、十和姫は答えを出せないでいる。

「あやかし姫のせいですわ」

あの娘は災禍をもたらす化け女狐。兄と父の変貌ぶりといったら、並ではない。なんでも素直に学ぶ姿を見たり、甘味を食べたり共に過ごして、妹ができたようだと錯覚しそうな瞬間もあったが、それはあやかし狐の力のせい。十和姫もまた、騙されていたのだ。身分が違い過ぎるのに、仲良くなれるはずがない。

「薬がもうないぞ、十和姫」

薬を飲みながら、帝は揚羽の大臣と歓談していた。新たに大量の薬が手に入りそうなので、いつになく上機嫌である。

安福殿に西日が差している。そろそろ今日も陽が傾くのかとふと十和姫は感じ入り、庭のほうへ視線を向けたところ思わぬ人物が転がり込んできた。

まさか、十二単で馬に乗るとは考えもしなかった。
院は、人に命じて穂積と実瑚の正装を畳んだりまとめたりさせ、どうにか馬に乗れるような形に整えさせた。穂積は乗馬も得意で巧みに操り、初めて馬に乗る実瑚を励ました。

生きものの背中に乗るなんて、牛車とはわけが違う。穂積に助けてもらって乗ったが、視線が高くなるし、揺れるし、しかも速いし、目が回るようだった。道中、実瑚は必死に穂積の胸にしがみついて目をつぶっていた。山育ちなのに全然慣れず、悔しくなった。

しかし、馬は速かった。牛車の半分以下の時間で内裏に着いた。次はもっと、気持ちに余裕があるときにしっかり味わって乗りたいと実瑚は思った。

下馬した後は、人を集めて装束を直させる。時間が惜しいが、帝に会うには正装でなければならない。急いでいたせいか髪に挿していた桜の花がほとんど散ってしまった。

安福殿の前にたどり着き、身が震えた。殿舎全体が悪しき気配で覆われていて息苦しさを覚える。これまでで最も良くないものに憑かれていた。

あまりの痛ましさに、実瑚はぎゅっと胸を押さえる。

「帝のもとへ行こう、穂積」

「ええ、急ぎましょう」

視線を合わせて頷き、どちらからともなく手を握る。穂積も実瑚と同じ気持ちのようだった。再会は偶然ではなく、運命だったと今なら信じられる。

「帝、薬を飲んではなりません！」

安福殿の一室で、帝は大臣と面会していた。

穂積が帝の碗を奪い取ったため、薬が床にこぼれた。

「なにをする、穂積。しかも大臣の前で」

「それは薬ではありません、毒です。帝の玉体をゆっくりと蝕む、怖ろしい毒です」

懸命に訴えて穂積は帝を説き伏せようとするものの、帝には息子が乱心したようにしか映らなかったらしい。

「これは異なることを。朕の薬を取り上げるつもりか」

「すべて没収します」

「下がれ穂積、そなたは頭に血が上っている。十和姫よ、新しい碗をこれへ」

あきれ果てたのか、煙たいものにでも遭遇したかのように手を振り払って穂積に辞去するよう促した。

「……後ろに控えている、化け女狐に憑かれているせいで親王さまは混乱されていらっしゃるのではありませんか。このあやかしを捕らえよ！」

大臣のひとことで、居合わせた全員の注目が実瑚に集まったのと同時に、大臣の配下たちが土足のまま入ってきた。武装はしていないとはいえ、どれも大柄で屈強そうだ。化け女狐が、と罵るのが聞こえた。

「姫！」

危険が迫っていると、穂積が実瑚に呼びかけて警告した。

確かに不利、そう感じた実瑚は咄嗟に装束を何枚か脱ぎ捨てて身軽になった。帝の御前で騒動になるのはまずい。大臣の狙いは自分だ。遠くへ、できれば庭へ出たい。

山歩きで鍛えた足腰と小さい身体を駆使し、実瑚は安福殿の中を逃げ回りながら、帝の安否を確かめる。盾になるような形で、穂積が帝を庇っていた。

動けない穂積の背後では、帝が碗に残っていた薬を飲もうとしている。実瑚は『もうひとりの仲間』に助けを求めた。

「近くにいるよね、十和姫！　聞いて。これ以上、帝が薬を飲まないようにして！　帝を守れるのはあなたしかいない」

★★★

几帳の陰に潜んでいた十和姫は、びくりと身体を震わせた。

声を投げかけられる前から、几帳の隙間より実瑚の言動をずっと窺っていた。

あの娘は顔を隠そうともせず、大臣や武士の前で晒していた。袖をまくって白い腕を肘あたりまで露出させ、袴も下がってきていて、実瑚の装束は崩れて惨憺たる有様だった。貴族の姫君らしさのかけらすらない。

それに、実瑚が着ているあの桜襲は自分のものではないだろうか。長らく仕舞い込んでいた装束だが、色目に、文様に、見覚えがある。勝手に着るなど、あやかし姫は盗人だ。似合っているのがまた憎らしい。

けれど、実瑚のまっすぐな熱が伝わってくる。あやかしのくせに、と心の中で毒づいても実瑚の持つきらめきは変わらず、目が離せなかった。狙われている実瑚本人がもっとも危険なのに、実瑚は十和姫たちの安全を案じていた。

捕まってしまえばよい。あんな娘の発言は無視するべきだ。放っておけばいい。

実瑚がいなくなったら、もとの暮らしに戻れると考えたので十和姫はおじいさまに文を送り続けた。化け女狐のことを。橘の実のことを。

なのに、胸のざわめきが止まらない。

「お願い、とわひめ……っ」

脱いだ袿を自分で踏んでしまい、滑って転んだ実瑚の背後から武士が襲いかかろうとしていた。

「あぶない！　左の後ろ、実瑚！」

十和姫は思わず叫んでしまったが、声が届いたようで実瑚はどうにか武士の手をすり抜ける。あの娘が小柄で助かった、胸を撫で下ろす。

いや、撫で下ろしてどうする。捕まればよいのに、助けるようなことを口走ってしまったのか。感情のぶれに心乱された十和姫は頭をかかえた。

大変なときに、兄はなにをしているのかと苛立っていると、帝の説得を続けていた。薬の入っていた碗は部屋の隅に転がっている。どうやら、兄が蹴飛ばしたらしくて帝が怒っている。帝の盾になることをやめた穂積は、大臣に狼藉を止めさせるよう、必死の形相で繰り返す。

あんな怖い顔の穂積は見たことがない。

逃げる実瑚、追う大臣の配下たち。兄の従者が武士どもを捕縛しようと躍起になっており、安福殿は混乱していた。

ためらいながらも、十和姫は踏み出した。先ほど、武士が実瑚に近づいたときの動きを思い出しながら、慎重にじりじりと帝のそばに寄った。誰も十和姫の動きを見ていない。好都合である。

帝の真後ろまで回り込むと、十和姫は素早く両手を掲げて父帝の身を捕らえて自由を奪った。

「ごめんなさい、父上さま。でも、皆のためです！　実瑚の捕縛を止めさせて！　捕まえるべきはおかしな薬を都にばら撒いていた揚羽の大臣です。実瑚は悪くありません」

父を羽交い締めにする十和姫の真正面に、兄の穂積がいた。目の前の光景が信じられないといったふうに目を丸くしている。

「絵巻物の中のうつくしい姫君のような妹のどこに、そんな強い力と心が？　しかも、毛嫌いしていた姫を擁護するとは」

「と、と……わひ……くるし、い」

「大臣に命じて。実瑚を追うなっておっしゃって、早く！」

十和姫は、自分の腕にいっそう力を込めた。気の毒だが帝は苦しそうに呻いている。

「ひめ……う……っ」

「十和姫の言う通りです。あれはただの薬ではありません。美味ですが、摂り過ぎは中毒を引き起こす毒です。実瑚、こちらへ！」

穂積が実瑚を呼んでいる。

帝に被害が及ばないよう、実瑚は安福殿を出ようとしていたが、もっとも安全なのは帝の御前。いくら大臣でも、帝には攻撃しないはず。穂積は実瑚に向かって腕を広げて迎える。実瑚も飛び込んだ。

「隠れたのか、揚羽の大臣よ。狼藉を止めさせて薬を出しなさい」

騒ぎの大きさと十和姫の巻きつき攻撃に面食らった帝は、大臣に降参を促した。

しばしの沈黙ののち、大臣はつまらなそうに舌を打つ。騒ぎに乗じて妻戸の付近にこそこそと移動し、ちゃっかりと逃げ道を確保していた。

大屏風の陰より、苦々しい顔つきで大臣が出てきた。

実瑚を帝のすぐ脇に座らせ、穂積は従者と共に大臣に近づく。

「姫はわたしの婚約者だ。あやかしではないのに、これをしつこく追うなど妙なこと。調べさせてもらおう」

「おやおや、あやかしの化け女狐をかばうのですか？　親王さまの御名に瑕がつきますよ」

「この者はあやかしではない。何度も言うが土御門実瑚は、親王・穂積の将来の妃である。帝の御前で狼藉を働いた武士を捕縛せよ」

声高らかに穂積が従者に命じると、いっせいに武士目がけて飛びかかった。安福殿の官人も加わり、全員を捕縛するにはそれほど時間がかからなかった。

武士たちが素早く縄をかけられてゆく様子を実瑚はじっと見守った。穂積は的確に指示を出し、騒ぎを終息させようとしている。人の上に立つ風格があった。

どうしよう、どきどきが止まらない。

あんな雄々しい人に求婚されていることが、信じられない。もともと婚約はしていたし、結ばれる運命だったのかもしれないけれど、一緒にいたら素敵過ぎて胸が苦しくなってしまいそう。毎日、心が穏やかに保てるだろうか？　自信がない実瑚だった。

＊＊＊

騒ぎのせいで倒れた几帳や壊れた調度品が片づけられたせいか、やけに室内ががらんとしている。さらに西日が差し込む刻になり、帝の御座所のあたりまで陽射しが長く伸びている。

大臣は抵抗しなかったので敬意を払って縄はかけなかったが、もう逃げられない。

「持参した薬を出しなさい。あれを濫りに広めないように。院も服用を止めると誓ってくださいました」

穂積が院との約束を匂わせると、揚羽の大臣は顔を上げた。配下の武士を失い、退路も塞がれたのに、まったく動じていない。

「なるほど、私が留守の隙に院まで誑かしましたか。そちらのあやかしは小さいながらも強力ですね」

ふふふ、と笑みまで漏らす有様で元気そのものだった。

「そなたが大陸との交易で得た砂糖を、薬と称して貴族たちに配っているのは明らか。表向きは院の御所を通して、という形にしてあるがその目的はなんだ」

部屋の真ん中で穂積、帝、大臣が対面している。実瑚と十和姫も同席を許されたが、御簾の中で話を聞くだけ。

十和姫に装束の乱れを直してもらった実瑚だが、もどかしさを感じている。あの場に座って大臣を問い詰めたい。実瑚が憧れている砂糖を使ってなにを企んでいたのか、知りたい。

「……おとなしく座っていなさい。話は任せましょう」

つい、身を乗り出してしまったようで袿を十和姫に引っ張られてしまった。座り直す。

これまでにも男性に生まれたかった、と思うことはあったけれど今がいちばん悔しい。

「わたくしも似たようなものです。もし、この身が親王でしたら、外に出て、勉強をして、蹴鞠（けまり）をして。いろいろ試してみたかったですわ……恋も」

内親王は生涯不婚が基本。十和姫は恋を禁じられている。十和姫の、諦めの漂う沈んだ表情が実瑚の心を抉（えぐ）った。

「穂積なら変えてくれる。この世の仕組みを」

「ずいぶんと信頼していますのね。そうなったら、どんなによいでしょう。けれど兄がもし即位したら、わたくしは帝の妹になります。さらに恋が遠のきそうです」

冷めた目つきで、十和姫は実瑚を見やった。

「負けないよ、穂積は。十和姫が望むなら、なんでもしてくれるはず」

「あなたって、ほんとうにお兄さまが大好きなのですね。妬（や）けますわ」

機嫌を損ねたか、ふいっと、十和姫に顔を背けられてしまった。

これが、好きという気持ちなのだろうか。信じている、とは思うが実瑚にはまだよく分からない。

実瑚が戸惑っている間にも三人により話し合いは続いていたが、大臣は薬について喋（しゃべ）ろうとしない。

舶来薬は人々を魅了している。気軽に使うものではない。すべて国が管理する……と、穂積が滔々と力説している。

院が薬をやめたと聞き、帝も服用中止の考えへと傾きつつあるようで穂積に賛成していた。

「しつこい親王さまですなあ。帝を害するものは持っていませんよ、ほら。身体検査でもしたければどうぞ」

おどけて袖を振り回す。薬の使者だった大臣が薬を持っていないとは、あり得ない。まとまった量を託した、と院は言っていたのに。

「それなら隠したのね！　この安福殿のどこかに」

我慢しきれなくて、実瑚は口を挟んでしまった。

隣から十和姫の手がすいっと伸びてきて実瑚の口を押さえたが遅かった。穂積も帝も大臣も皆、御簾の内側にいる実瑚のほうに視線を集中させている。

初めに反応したのは大臣だった。

「隠した？　あやかし姫はおかしなことを言いますね」

薬が見つかるはずがないと確信している大臣は態度を変えない。

「隠した可能性はありますね、先ほどの騒ぎに乗じて。調べなさい」

穂積の従者が室内を探る。

「しかし、室内には隠せる場所がないぞ。几帳や屏風の裏面に落ちていないか、誰か確認してくるように」

別室に運んだ建具類もすべて検めるように帝も命じたが、薬は見つからなかった。

「院から安福殿への途中で捨てたのか」

「捕縛した武士のうちの誰かが隠し持っている」

「大臣が全部飲んでしまった」

などなど、さまざまな意見が出たけれどまとまらなかった。

薬は隠してあるのに、と実瑚は焦った。占い師としての直感と、甘味を求める熱が実瑚に訴えかけているものの、漠然としていてつかめない。

……占うしかない。占いという形で示して薬を見つければ皆、納得してくれるはず。

在り処を、占えるだろうか？　不安しかない。

穂積は困っている。体調が良くない帝もつらそうだ。迷っている暇はなかった。占いは困っている人のために使う……父との約束だった。

「私、占います」

実瑚は立ち上がった。

実瑚は御簾の外に出ることが許された。

実瑚の扇は騒ぎのせいでどこかに行ってしまったため、十和姫に借りた。開いてみると、満開の桜の絵が描いてある。十和姫が視線で合図した。春の装いに相応(ふさわ)しい、と訴えている。

「その桜襲の装束はわたくしのものですけれど、仕方ないからあなたに下げ渡して差しあげますわ。お気に入りの一揃(そろ)えです。きちんと子孫に伝えてください」

「ありがとう。勝手に借りてごめんなさい」

「分かっています。お兄さまが持ち出したのですよね、また。……よく似合っていますわ。さあ、胸を張りなさい」

内親王の激励を受けた実瑚は御簾をくぐった。

「任せてもよろしいか、姫」

真っ先に、穂積が実瑚に声をかけてきた。占ってもらえるとはありがたいと口にしながらも心配を隠しきれない様子だった。次で、本日三回目の占いになる実瑚の身を案じている。

「だいじょうぶ。穂積は帝を支えていて」

騒動で疲労したせいか、帝は座っている姿勢ですら苦しそうだった。薬を見つけて早く終わらせたい。

顔に扇を翳し、実瑚は大臣と向かい合った。これまでに、何度も顔を見られているので今さらだが、貴族には必須のしきたりである。

十和姫より譲り受けた桜襲が実瑚の背筋を伸ばし、十和姫の扇が実瑚に姫君らしい気品を漂わせてくれる。

そして、穂積が実瑚を見守っている。

直接のことばはなくても、視線としぐさを感じる。全身全霊で応援してくれている。

「さて、薬は見つかるかな。あやかし姫はあれを毒だと呼んでいるが、立派な舶来の薬だ。ただ、闇雲に探されてはつまらないな。これは遊びだ、決まりを作ろうか」

実瑚は頷いた。自分が薬の隠し場所を探し出せばいいだけ。

「あやかし姫が手を出してもよい場所は三か所にする。姫が薬を見つけられたらすべて姫に献上しよう。こちらが勝ったら……これを飲んでもらおうか」

大臣が懐より取り出したのは薬包だった。赤い紙のそれは、いかにもあやしげである。

「こちらも大陸からの伝来薬で強壮剤との触れ込みなんだがね、人で試したことがなくて。あやかし姫に飲んでもらえたら薬効が分かる」

「待て、そんな危険なことを姫にやらせるわけにいかない。その案は却下だ」

立ち上がりそうな勢いで、穂積は語調を強めた。

「いいえ、私はやります。体調不良の原因を突き止められなかったら、どちらにしても私は流罪だもの。院は薬をやめると約束してくれたけれど、流罪の院宣は取り消しできない……でしょ？　三か所も調べられるなんて甘い決まりで助かります」

前進あるのみ、やるしかない。

不安だけれども、覚悟を決めた。大好きな皆の顔が浮かぶ。笑顔を守りたい。甘いものを悪用するとは許さない。

「調息（シャンティ）」

両手を胸の前で合わせた後、広げて伸ばす。ふっと、深い呼吸になる。

誰もいない安福殿、室内の見取り図が実瑚の前に広がった。

騒ぎのせいで置いてあるものはほとんどなく、隠せる場所は少ない。三人が座っている茵（しとね）、帝の脇息（きょうそく）、室内を分けている御簾、人が動かせそうなものはそれぐらいで、後は蔀（しとみ）や妻戸など建物の一部になってしまう。あの短い時間で柱をくりぬいてその穴に薬を隠せたら天才的である。

風を感じない。揺らぎがない。人の気配もなかった。

ふつふつと実瑚の心に浮かんで来たのは、再び水だった。

海を渡ってきた舶来薬のせいか、近くに水場はないのに何度も水が連想される。安福殿の西に面している庭に池はない。厨（くりや）も遠いし、そのほか水場もない。瞑想（めいそう）は失敗したのだろうか。さすがに一日に三回も占えなかったか。

瞑想が途切れ、詳しく観（み）えないまま実瑚は覚めてしまった。探せる場所は限られているので、やたらと動き回れない。

「まずは、薬箱を見せてください」

実瑚は御簾越しに、十和姫に声をかけると穂積が露骨に嫌な顔をした。薬箱は御簾の向こう側、帝の御座所にある。大臣が御座所に入っていないことは確実で、探索箇所をひとつ無駄にするような行いである。

御簾の下を通して、十和姫より薬箱を受け取る。

「なにを考えているのですか、ここには入っていませんよ」

十和姫の非難も正論だった。しかし、実瑚は軽く笑って薬箱を受け取った。

三人の前で箱のふたを取る。中には薬がきれいに並べてある。皮膚の痛みに効く膏薬（こうやく）や目薬など外用薬が多い。舶来薬の入った白磁の壺（つぼ）も箱に収められていたが、中はカラ。

「騒ぎに乗じて御座所にまで乱入して薬箱に隠したと？　薬は薬の中に隠せ……という単

純な占いかな」

楽しそうに大臣は笑っている。一応、薬箱が二重構造になっていないか詳しく調べたが舶来薬は出てこなかった。

ふと、気になったのは薬の包み紙が多く入っていた点である。薬は普通、一回分ごとに包んで保管する。大臣が持っているあやしい赤い包みもそうだ。紙が余っているということは、帝の薬は分けられていないのかもしれない。普段、薬を預かっている十和姫に尋ねてみる。

「以前は一回分ずつ紙に包んで分けていましたけれど、最近は帝が薬をたくさん欲しいとねだるので壺に直接匙(きじ)を入れて白湯(さゆ)に溶かして使っていました。薬湯を作る回数が増えて大変ですので、薬を一度に多めの白湯へ入れたこともありました」

手抜きな作り方……と突っ込みたくなるところだが、実瑚は十和姫の発言にひっかかりを覚えた。

「たくさんの薬が、白湯に溶けるの？」

「湯温を高めにすると、量が多くてもすぐに溶けますわ」

帝は、お茶のようにして碗(わん)で薬を飲んでいた。実瑚の知っている粉末薬は水には溶かさない。薬を先に口に入れ、その後白湯で流し込む。父の作った薬はいつもそうだった。舶来薬は甘いので、ゆっくり楽しんで飲めるだろうが苦い薬はそうもいかない。一瞬でも早く、舌の上を、喉を通過して欲しい。

「溶ける……？」

薬を水に溶かした状態にしてあるのかもしれないが、重くなって持ち運ぶのに大変そうだし、この部屋には水がない。行き詰まってしまった。

差し込んで来る西日が弱くなってきた。日暮れが近づいている。どうしたらいいの、なにも出てこない。落ち着かなくなった実瑚は辺りを見回した。

「……ん、お花？」

廂の間に桜が一枝、落ちていた。

不思議に思って拾ってみると、花はまだ生き生きしており、枝先が濡れて光っている。実瑚が髪に挿していた花は逃げ回っているうちにどこかへいってしまったが、この枝は別のもの。

直前まで水に差してあったらしい。

点々と、簀子縁のほうにも水滴が垂れていた。それを追って屋外まで出て殿舎の床下を覗くと、桜の枝の束が無造作に捨ててあった。じゅうぶん飾れるほどきれいな枝ぶりなのに、騒ぎのせいで捨てられたのか、もったいない。穂積からもらった桜と同じ種類のようで、花や枝の色がよく似ていた。

念のため、ほかにもなにか落ちていないか床下を確かめたものの、見つかったのは桜だけだった。実瑚は枝を拾って室内に戻る。

「それは昨夜、わたしが帝のお見舞いに届けた桜です。あの花瓶に、自分で活けて帰りました」

穂積が指を差した先に、大きめの花瓶が置いてあった。

「花瓶……水！」

実瑚は急いで花瓶に駆け寄った。中に、水が入っている！　迷わず掬って飲んでみた。甘い。とても甘い！　そして遠慮なく手を突っ込んで底を浚う。どろりとした白い沈殿物が出てきた。間違いない、水温が低くて溶け残った薬……実瑚が探していた砂糖だった。

「ここに隠しましたね」

大臣の顔が引きつった。

溶け残りの砂糖を素手で鷲掴みにしたので、爪の間にまでしっかり入り込んでしまった。もったいないとはいえ、帝や穂積の前で指を舐めるわけにもいかない。

実瑚は手を清めている間にいいことを考えついたので、厨でお湯をもらって安福殿に戻った。

さすがに揚羽の大臣は肩を落とし、がっくりしていて元気がない。配下の武士を捕縛されて薬も取り上げられたのだ、無理もない。大臣が所有しているすべての砂糖を国庫に納めることも即座に決まった。

「大臣、これでも飲んで気分を変えてください」

笑顔で実瑚が差し出したのは、手作りの橘茶だった。陽が暮れてしまい、春とはいえ冷えてきた。あたたまるようにと実瑚なりの配慮だったのに、大臣は悲鳴を上げて顔色をさらに青くした。

「ひいっ……、これを飲めと？」

「どうぞ、私特製のお茶です。遠慮せずに、さあ」

よかれと思って勧めたのだが、碗を持つ大臣の手がぶるぶると大きく震えている。橘茶がこぼれてしまいそうだ。陽が沈んできたせいで寒いのかしら、それとも明日からの暮らしが不安なのかな、と実瑚は心配になった。

砂糖を没収されてしまうのは痛手だろうが、交易で得ているものは莫大だと聞いている。実瑚も白磁の壺が欲しくなった。父に、薬を保管する器として贈りたい。

大臣は茶をなかなか飲もうとしない。碗の中にぽたんと雫が落ちた。まさか……泣いている？

「姫。勝ったからとはいえ、悪ふざけはやめて差し上げてください」

「そうだ。いくらなんでもこれでは大臣が憐れだ。傷口に塩を塗るつもりか」

「化け女狐のいたずらかしら。まさしくあやかし姫ですわ」

穂積も帝も十和姫も、実瑚を非難した。意外な展開に実瑚は首を傾げる。

「お茶でも飲んで身をあたためて欲しかっただけなのに。ふざけていません。皆さんの分もありますよ」

おかしい、そう感じつつも人数分のお茶を淹れて配る。橘のよい香りがふわっと周囲に広がった。

「皆で飲めば大臣も納得するでしょう、いただきます」

「これは美味だ。酸味と、かすかに渋くて甘いのが良い」

「……あたたかいです」

橘茶は大好評で嬉しいぶん、三人の反応が腑に落ちない。

皆が飲んだのを確認してから、大臣はようやく茶を口に運んだ。

「美味だ……！　人生最後の味が美味でよかった。我が蔵の砂糖は、必ず宮中に納めると遺言を残します」

帝に向かって大臣は平伏した。遺言とは穏やかではない。騒ぎの責任を取るつもりだろうか。そこまでは誰も求めていないのに。

「死んだらダメよ、大臣！　あなたは院にも帝にも、まだまだ必要な人物ですもの」

実瑚は大臣に考えを改めるよう、強く訴えた。

「なにを言う。毒を盛っておきながら。私は、もうすぐ死ぬのか……」

「え、どうして毒が出てくるの？」

毒を盛った？　実瑚には意味が分からない。追い込まれた大臣は錯乱しているのだろうか。

「今の流れでは、茶の中に毒が入っている展開しかないだろうが」

「どうして私が毒を入れようとするの？」

「私が邪魔だろう？　近々、帝を玉座より引きずり下ろして穂積親王ごと失脚させようとしているのだ。そなたは稀有な占いで砂糖の隠し場所を見つけたのに、政のことになると手ぬるいな」

笑うしかなかった。なるほど、ここで大臣に騒動の責任を取らせるとか適当にそれっぽい理由を作って毒殺すれば簡単に強敵を消せたのだ。

「私は穂積を助けたいだけ。あなたを亡き者にしたら一時的には安泰かもしれないけれど、新しい敵が出てきたらまた戦って、また誰かが傷つくなんてイヤ。それに、できたら大臣には帝と院の仲を取り持つ橋渡し役になってほしくって」

「……化け女狐かと思いきや、あやかし姫はまっすぐな『人』だった。今回は完敗ですな」

　橘茶が気に入ったようで、大臣は碗の残りを一気に飲み干すとお代わりを願い出た。

「占いで導かれた答えを、自分のために利用しないとはもったいない。敵の野望は早めに摘んでおくべきですよ。ほら、類稀(たぐいまれ)な星を持って生まれてきたのに野心のない娘だ」

　大臣は実瑚の手のひらのほくろを指差して讃(たた)えた。しるしの意味するところを知っているらしい。

　できるだけ隠していたのに、溶け残った砂糖まみれの手を突きつけたときに発見されてしまったようだった。

「すでに姫も知っているだろうが、私は西国出身の武家。貴族どもは、平らで安らかな時代を築いたままではよかったが怠惰で慢心している。都では、貴族のみが人扱いされる。武家や庶民は虫けらだ」

　それは、ほぼ庶民の実瑚もなんとなく分かる。

「やつらに活を入れようと、交易で得た砂糖を使おうと決めたのだよ。本来、砂糖は毒ではなく、薬だ。しかも美味で誰もが取り憑かれたようになる。そのうち砂糖なしでは生きてゆけなくなるが、飲み過ぎると身体のあちこちに異変が起きて命にもかかわってくる、と私は大陸から渡ってきた者に直接聞いた」

大臣の話を聞きながら、実瑚はぞっとしたし、怒りも込み上げてきた。

「目論見通り、砂糖はじわじわと貴族どもを蝕んだ。しかし砂糖は薬ゆえ、体調不良の原因だとは疑われない。貴族どもが砂糖に依存して病で倒れてゆく間に、私は交易で得た富を使って武士団を育てて官職を買い、今の地位まで上った。そろそろ、如実に効果が出るころだったのに、あやかし姫のご登場でこの策は終わった。残念だ」

長い独白を発し終えると、大臣は目を閉じてため息をついた。

＊＊＊

できるだけ事を荒立てたくないと考えた帝や穂積の意向と、砂糖を使って貴族の健康を狙うという先例のない事例ゆえ、揚羽の大臣へは『安福殿での狼藉』に対する厳重注意がなされた。

大臣はそれを粛々と受け入れて謝罪し、配下の武士を引き取ると当分の間謹慎すると言い残して帰邸したらしい。

「姫、お疲れさまでした」

放心していると、ぽんぽんっと不意に頭をやさしくたたかれた。見上げると穏やかな顔がある。穂積は実瑚の隣に座った。

「お疲れさま、穂積こそ」

「お疲れというよりも満身創痍ですね。姫もそうでしょう?」

「ええ、そうかも……」

「よく耐えてくれました。ありがとうございます」

「わ、私はそんな別に、特になにも」

「何度も占ってくれたではありませんか。一日一回の占いしかできなかったのに、とても助けられました」

わ……笑っている。やさしく、穂積が実瑚だけに向かってほほ笑んでくれている!

「報酬……ご褒美を授けます。欲しいものはありますか? おや、姫は顔が赤いですよ。熱でもあるのでしょうか」

きれいな顔を近づけてくるからなのに。熱くなってしまうのは穂積のせいなのに。

「ご褒美は要らないので！　助けられて励まされたのは私のほう。一日一回占いを超えられて、後宮という雲の上のような場所で過ごせましたし……わ、たし……」

限界だった。

目の前が暗いなと思った次の瞬間、実瑚は倒れていた。

……だよね、一日に三回も占うことなど、今までの土御門実瑚だったらあり得ない。観る力が強いならばともかく、今の自分にはそれほどの力はない。

毎日慌ただしかったけれど、楽しくて嬉しいことが多かった。

ありがとう、お疲れさま。

前のめりに崩れるようにして倒れた実瑚を、穂積は全身で受け止めた。

「共に桐壺へ帰りましょう」

六、今宵、後宮に咲く

橘を含めた柑橘類の適量摂取が指導され、舶来薬の配布が中止されると都の貴族は次第に体調を取り戻した。

引きこもり中の帝も心身共に快復しつつあり、常の御座所である清涼殿へ戻って来た。折よく桜が開花しはじめ、宮中では還御の宴が開かれる運びとなった。連日の暖かさも手伝ってか、明るい雰囲気に包まれている。

実瑚は、各貴族邸や後宮から桐壺に集まってしまった柑橘類を調理して供することになった。

流行というものは怖ろしい。

皆、争うようにして一斉に飛びついたのに、飽きるときは早い。

不要になった橘を桐壺で引き取っているとかいう勝手な噂が流れ、北の蔵は柑橘でいっぱいになってしまった。

使えそうなものと傷んでいるものを分けるだけでもしんどい作業だった。急がないと腐って黴てしまう上、その傷みはほかの橘に移り、広がる。十和姫以下桐壺の女房、ときには穂積や遊びに来た義兄・晴佳にも手伝ってもらった。

＊＊＊

そして、宴の当日がやってきた。

会場は、常寧殿の南に面した庭。

庭に面している弘徽殿、承香殿など後宮の女性たちも参加できるように数日前より設営が進んでいた。穂積が献上した満開の桜の木を中心に、宴席が設けられている。都の桜は三分咲きといったところで満開には届かない。

橘邸の超早咲き桜が使えればよかったが、残念ながらあの桜はすでに散ってしまったという。

実瑚の『東山では咲いているかも』との提案をもとに、穂積は桜狩りへ行って満開の桜を見つけてきた。根を掘り起こして後宮まで運ぶ前代未聞の大事業になってしまったが、豪華な宴にすることができた。

陽が沈むと、火影に揺れる桜花はいっそう幻想的で涙が出そうになる。宴の後、運んできた桜は橘邸に植え替える予定で、桜の跡地には新しい苗木を植えてきたという周到さには唸(うな)ってしまう。

還御の宴は早桜の宴とも名づけられた。

実瑚の占いでは、今宵は風も穏やかで雨もまず降らないと出ている。当たると嬉(うれ)しい。当たってほしい。

帝は先日、お忍びで院の御見舞(おみま)いをした。

謹慎中の大臣より帝に文が届いたことが後押しとなった。文には院を見舞うよう、長文が切々と記されていた。

常ならば、帝が外出するとなると行幸と呼ばれる大がかりなものになって準備も時間もかかるが、穂積の車を借りて極秘に出かける電撃訪問だった。

もちろん、帝の安全は実瑚が占って事前に道を浄(きよ)めた。穂積と共に三人で院の御所へ参上したが、帝と院はふたりだけでぽつぽつと会話を続けたので力添えは要らなかった。

過去のわだかまりはすぐに消えないだろうが、まずは一歩、和解へ向けて前に進めたので穂積も喜んだ。

「なにがきつかって、やっぱりこの橘よ！」

桜に橘、紫宸殿南庭にも植えられているめでたい木と実が常寧殿に揃い、お祝いの華やかな雰囲気は高まっているものの、大量に集まった柑橘をどうするか、実瑚は大いに悩んだ。

果肉と皮を分け、果汁を搾り、毎日毎日橘と格闘。皮の部分は後でお茶にするとして果肉と果汁を優先してせっせと甘味を作ったものの、途中で力尽きて残りは実を絞れるだけ絞って柑橘飲料にしてごまかしてしまったことは内緒にしておこう。橘を使った飲み物は貴族には馴染みがないぶん、驚かれるはず。

……ほんとうに大変だった。柑橘のせいで両手がふやけている。しばらく柑橘を使うのは控えようと強く誓った。

「そのように庶民丸出しの態度では、せっかくの装束が台無しですわ、実瑚」

はらりと優雅に扇を広げて口もとを隠す十和姫。今宵は柳の襲に身を包んでいる。白と青の対比が春の息吹を感じさせてくれる配色で十和姫に似合っているが、実瑚は不満だった。

「穂積が、私とお揃いの装束を用意してくれるって言ったのに、どうして」

実瑚は先日とは色目が異なる桜の襲。宴の篝火に映えるように濃いめの色を加えた。

最近の流行である鮮やかな紅色が加わり、とても眩しい装束一式である。

「若いあなたと一緒は御免ですわ。見劣りしますもの」

そんなわけないのに。比べられて残念なのは所作のよろしくない実瑚に決まっている。

「十和姫はうつくしいよ。小柄で丸顔なぶん、私と同じ歳でも通用するって。ほら、今夜の宴に素敵な人がいるかもしれない。光源氏も朧月夜と花の宴で出逢ったんだし、恋の予感！」

「鄙の化け女狐が、物語をたしなむようになったとは成長しましたわね」

桐壺の女房・宰相の君が実瑚に読んでくれた『源氏物語』は面白くて、続きが気になって仕方ない。

ちなみに、穂積は今宵の宴のために十和姫の女房たちにも装束を新調してくれた。

とはいえ、装束の縫製は自分で行うのが基本。布地が桐壺に届いてから宴までの期間が短く、それこそ柑橘の加工と並行作業だったので全員分の装束が完成したのは今日の午ごろだった。あまりの忙しさに不満が出そうなものだが、女たちはうつくしいものに目がなく、一切妥協せずに楽しみつつ凝った装束を作り上げた。

「あなたがいて助かりました。わたくしだけでは父を救えなかったかもしれません」

「薬は毒にもなる、よく覚えておいて。あのとき、十和姫が勇気を出して帝を止めたから伝わったんだよ。高貴な姫君が父親にしがみついて説得なんて構図、なかなか見られない。頑張ったのは十和姫」

安福殿（あんぷくでん）で、十和姫が身を挺（てい）して帝を止めた点は尊敬に値する。

「……おじいさまに、あなたの様子を密告していたことも謝ります。兄には、もっと美人で身分が高い方と夫婦になって欲しいあまり、実瑚とは別れさせたくて妨害をしました」

「確かに！　穂積には大貴族の姫君が相応（ふさわ）しいね」

「そこは同意しないでくださらないかしら。返すことばが……ねえ、いいことを思いつきましたわ。わたくしと同盟しましょう！」

目をきらきらと輝かせながら、十和姫は宣言した。

「ふたりでお兄さまを盛り上げて差し上げるの。わたくしは実瑚のすべてを認めたわけではありませんし、競いつつも協力して兄を支える関係になりたいですわ」

「面白そう、賛成。よろしくね、十和姫」

実瑚は十和姫の提案を歓迎して両手を差し出した。しかし、十和姫は眉を顰（ひそ）める。

「ことばづかいに気をつけて頂戴。宴が終わったらすぐに姫君修業を再開しますので、覚悟しておきなさい」

うわあ、厳しい。実瑚は参ったなと困惑しながらも、心からの笑顔で十和姫と手を握った。同盟成立の瞬間だった。

「仲がよろしいようで」

ふたりの背後から近づいてきたのは穂積だった。正装の黒袍で、冠に桜の花を挿している。老若問わず、官人はすべて桜を身につけていた。華やかだが品があり、清楚で見惚れてしまう。

「お兄さま、とても素敵です！」

十和姫に先を越されてしまった。褒めたいのに、ことばが出てこない。素敵だ、似合っている、ひとことだけでいいのに。

「姫はどうかされましたか。うつくしい桜の装束を身につけているのに、顔が固まっていますよ」

「う……」

ダメだ、ことばが喉に詰まっている。十和姫は穂積から桜の枝を笑顔で受け取っている。

「日ごろお世話になっている人や好きな人に桜を贈る、ちょっとした試みが開かれています。さあ、姫にも」

ほんのり紅く色づいた白い小さな花の群れ。愛らしくてかわいらしい。

「きれい。ありがとうございます」

「今宵は、桜の花をたくさんもらった方が、都で人気があるという証拠になりますね。わたくしはこの枝だけで最高に幸せですが」

大好きな兄からもらった桜の枝を十和姫は愛おしそうに眺めている。

「どなたがいちばんになると十和は想像するかい？」

「それはお兄さままであって欲しいような、欲しくないような気がいたします。私、桐壺の様子を見て参りますね。甘味の搬入、進んでいるかしら」

「じゃあ私も一緒に」

「実瑚は休んでいて。お兄さま、実瑚をよろしくね」

するっと立ち上がった十和姫は振り返りもせずに、さっさと行ってしまった。

「……少し、よろしいですか。宴がはじまったら、姫とは話せなくなります。ふたりで花見をしましょうと誘いましたが、今宵は忙しくて無理そうです」

帝主催の早桜の宴とはいえ、実際は穂積が主導している。管絃、歌、蹴鞠、舞……もろもろ披露されるが、穂積は舞台裏での進行調整に走り回るはずだ。食事やお酒をのんびりと楽しむことはできないだろう。

「桜はまだ咲きはじめたばかり。穂積とお花見できるときを楽しみにしています」

なかなか、余裕ある姫君の模範解答ができたと思う。誘っておきながら恐縮です、と穂積は実瑚に軽く詫びた。

「実は、謹慎している揚羽の大臣より、姫宛ての文を預かりました」

渡されたのは、枝の先に蕾が膨らんでいるが一輪も咲いていない固い桜。実瑚宛ての文が結びつけられている。

「今宵の趣旨を聞いて乗っかってくださった。『桜を贈る』。光栄ですね」

「でも私、大臣にはお世話になっていないのに桜を受け取っていいのかな」

「どうしても姫に伝えたいことがあったのでしょう、さあ文を読んでみてください」

こういう、木の枝や草に文を結んで贈るのは恋文だと物語で読んだばかり。

紙も桜色をした上質な薄様を使っていて、いかにも恋文仕様。大臣からの恋文だったらどうしよう。歳の差があり過ぎる。そんなわけないよねと自分に言い聞かせながら、おそるおそる紙を開いてみた。

『次は負けない』

短く、大きく、武家らしい力強い字でひとこと記してあった。

まさか求婚かと心配したが、ほっとした。隣で覗き込んでいた穂積も、多少不安に感じていたらしく胸を撫で下ろしている。

「宣戦布告ですね」

「勝負しているつもりはないのに」

「わたしは、姫が大臣をどんなふうに撃退するのか『次』が楽しみです」

「もう、穂積ってば」

実瑚は文を畳んだ。後で、返事を書こう。謹慎中の大臣に、今宵の宴がどんなに素晴らしいものだったか、自慢するのだ。参加できなくて悔しがる顔が目に浮かぶ。

「わたしからも姫に渡したいものがありますが、よろしいでしょうか。すぐに終わりますので、そちらの細殿に移動しましょうね」

やけに周囲を気にしている。それなりに人は通るものの宴の準備で忙しく、こちらを気に留める者はいないのに。でも断る理由もないので、実瑚は穂積について行った。

薄暗い細殿に入ると、穂積は几帳を立てて隠れるように空間を作った。

「座りましょう」

桜の枝を床にそっと置き、実瑚も座った。すると、穂積が実瑚の手を勢いよく握った。

「……やっとふたりきりになれました……っ」

ここ数日、確かに実瑚はずっと誰かと一緒だった。十和姫、帝、桐壺の女房たち。晴佳。

「そ、そうでした。忙しかったものね。宴が終わったらゆっくりしたい……でも十和姫との姫君修業が」

「後のことは、ひとまず置いといて。まずは報告がひとつ。先ほど、帝から内示を賜りました。宴が滞りなく成功したら、わたしは式部卿に任じられます」

式部卿とは式部省の長官を指す。主に親王が任命される役職で、国の儀式や人事、教育などを担当する。先代の式部卿が亡くなってからは空位のままだった。

「それはおめでとうございます、穂積！」

「お静かに。まだ、誰にも話してはいけませんよ。姫にだけ、打ち明けておきます。式部卿はあまり実権がない閑職ですが名誉ある職です。なにより、帝に認められたことが嬉しいです。まずは一歩」

長らく、政から遠ざけられてきた穂積だったが、表舞台に登場する日がようやくやって来た。穂積は、式部卿宮になるのだ！

「帝は、穂積を皇太子候補に推すと公の場で表明されるおつもりなのね」

笑みを浮かべながら穂積は頷く。ほんとうに、心から嬉しそうだった。

「ですので、宴の最後まで見ていてくださいね。寝落ちしませんように」

「もちろん、が……頑張ります」

宴は夜が更けるまで続くらしい。途中で仮眠を取るのもアリだろうか。穂積の晴れ姿は絶対この目に焼きつけておきたい。

こほん、と穂積が咳払(せきばら)いをした。次の話に移る合図だった。

「先日、薬の件のご褒美は特に要らないと言われてしまいましたが、これを」

穂積は懐を探ると、布製の小さな袋を取り出した。

実瑚はお礼を述べて中を開けてみる。

すると、手のひらにちょうどのるほどの大きさをした透明の珠(たま)が出てきた。

「水晶玉です。姫の手に合う大きさのものを探しました」

「きれいだけど、これはとても高価よね……」

「桜の木を探しに東山へ行ったとき、あなたの家にも立ち寄って近況をお知らせするのと共に、姫の父上に助言をいただきました。瞑想(めいそう)を途切れないようにするには補助具があったほうが良(い)いことを。水晶は姫の役に立つはずです」

「でも」

「わたしの気持ちです。ご迷惑でなければ受け取ってください」

迷惑なわけがない。占いを繰り返してみて分かったが、なにか持っていたほうが瞑想しやすいと実感している。穂積からの贈り物ならば尚更(なおさら)嬉しい。嬉し過ぎて身体(からだ)が熱くなった。

「穂積、ありがとう。占い、当たるようにもっと頑張る。父さま、元気だった？」

「ええ。お忙しそうでしたが、ご家族は皆、笑顔でした」

穂積や家族、たくさんの人の思いが詰まっている水晶。自分にはもったいない品だけれど、大切に使わせてもらおう。

「早速ですが姫、この国の行く末を占えますか？」

いつになく、壮大な依頼だった。

さわさわと、心地よい春の風が吹いていて几帳が静かに揺れている。気分は良く、充実している。

「試してみるね」

今なら、できるかもしれない。実瑚は水晶をそっと握った。初めて触れたのに、とても手になじむ。心地よさを感じていると、水晶が次第に熱くなってきたような気がした。ふと指の隙間から覗いたところ、本体が薄い桜色に変わっている。

「調息（シャンティ）」

実瑚の心も高揚する。瞑想に入ろうと、息を吸って吐いた。目を閉じる。

帝（みかど）は、院と和解して政治を正せるのだろうか、穂積は皇太子になるのだろうか……そして穂積の横に並ぶ妃は、誰か。実瑚は念じた。

視界が暗い。空気や水のゆらぎもない。

苦しい、そう感じて目を開けた。瞑想は途切れてしまった。

心配そうに穂積が実瑚を見つめている。ああ、戻ってきてしまった。

「ごめんなさい、なにも観えませんでした」

またダメだったか……実瑚は落ち込んだ。

舶来薬の件が落ち着いた後、実瑚の占いはハズレもしくはなにも観えない、を連発している。調息から瞑想にうまく入れないのが原因なのだが、改善できていない。

かろうじて当たる確率がやや高いのは観天望気。水と風の流れをつかめば、晴れなのか雨なのか程度はなんとなく観えた。

「めげないで。観天望気だけでも素晴らしい才能ですよ、姫。天気の良し悪しは祭事に重要ですし、軍事になれば生死を分けます。雨を避けて兵を休ませるのか、雨に乗じて奇襲するのか」

なるほど、そういう見方もあるのかと実瑚は感心した。穂積は実瑚の知らないことをたくさん知っている。

「精進します……」

しょげている実瑚の頭を穂積はやさしく撫でてくれている。

「わたしも協力します。一緒に頑張りましょう」

「はい！」

穂積からはいつももらってばかりだ、お礼がしたい。

ことばや気持ちだけではなく、穂積を喜ばせられる、なにか……そうだ、アレなら、もしかして？

「穂積、私からもお返しをさせて。でも、そんなに驚くようなものや高価なものは用意できないし、私にできる小さなことなんだけど。受け取ってもらえるかな」

「姫にいただけるものならば、なんでも嬉しいですよ。わたしがいただいてもよろしいのですか」

「初めてだけど、穂積にあげたいの、いちばんに。どうしよう、恥ずかしい……うまくできるかな」

「では、目を閉じていましょうね」

目を閉じた穂積も素敵過ぎて実瑚は汗をかいてしまった。長い睫毛に縁どられた目もとから色気がにじみ出ている。

「で、では、そのまま動かないでいて」

「かしこまりました」

　思い切って、実瑚は身を乗り出した。穂積の膝の上に片手をつき、もう片方の手指で穂積の唇にそっと触れ……アレを口に含ませた。

「穂積のために作った甘さ控えめの飴よ。橘の実の搾り汁を混ぜて練ったの。柑橘は疲労回復にいいし、今の穂積の身体にきっと合うはず」

　いきなり飴を食べさせられた穂積が、目を開いてしまった。

　至近に穂積の顔があった。視線が重なる。穂積の瞳に、自分が映っている。身体が竦んで動けない。

「こ、これは、私お手製の、橘飴。甘いのがお好みの方には、蜂蜜を混ぜたものを別に作ったので、よかったら皆で食べて。宴の裏方さんたちは落ち着いて食事もできないだろうし……それから……ええと」

　慌てて、実瑚は自分の袖の中から出した飴袋を披露した。穂積の膝の上から逃げるのが最優先なのに、罠にかかった小動物みたいに力が入らない。

「抱き締めてもよろしいですか。耳まで真っ赤に染めて恥じらうあなたがとてもいじらしく、愛おしいです。それ以上のことはしません、ただ、胸の中に包み込みたいのです」

「恥ずかしいからダメって言っても、聞いてくれないやつだよねこれ……！」

「はい、その通りです。捕まえました、わたしの姫」

飴を作った経緯について、もっと語りたかったのに、実瑚が伝えたかったことばは全部吹き飛んでしまった。甘さの調整に苦労したこと、飴を一個ずつ、自分で選んだ紙に包んだことや、飴袋も自分で縫ったことなど、たくさんあったのに。

今はただ、穂積にやさしく抱擁されている。あたたかい。

宴の開幕が近づいているはずだが、離れたくない。離れられない。

「甘い。なんという甘美な」

穂積のなにげないひとことに、実瑚は我に返った。

「その飴、甘くないように作ったのに、まだ甘い？」

失敗したのか、と不安を覚えて穂積の顔を覗(のぞ)き込んだ。甘味のこと、特に自分の作品のことになると猛進してしまうのは実瑚の悪い癖だった。

「あ……飴のことだと思いましたか。いいえ、飴は甘くありません。酸味と苦味がかなり強くて目が覚めますね。でも、爽やかでほっとします。わたしは好きです……いいことを思いつきました。あなたの作った甘味はこれ以降、『菓子』と呼ぶと決めました。これまでは果実も菓子と呼んでいましたが、果実は果物、もしくは果子で統一させましょう。姫の甘味の多くは野山で甘味の材料を刈り取って作るのですから『くさかんむり』で菓子です」

飴を褒めると、実瑚はとたんに笑顔になった。

「よかった、嬉しい！　穂積、ぼんやりしていたから美味しくなかったかなって」

「あなたに見惚れていただけですよ、おかしな姫……お菓子な姫、実瑚」

「おかしな姫って面白いけれど、なんだか微妙な言い回しね」

そう告げると、穂積は笑顔を見せてくれた。穂積が後宮の中で笑うとは珍しいが、自然な笑みだった。

「実瑚、あなたが好きです。わたしの妃になってください。夫婦は二世だといいます。今世で結ばれるだけではなく、来世でも夫婦として巡り合いましょう。もし、虫や草に生まれ変わっても、わたしはあなたを必ず探し出すと誓います」

お互いの気持ちは揺るがなかった。実瑚も、ぎこちなく頷く。

「私で、よかったら……！」

こんな自分を選んでくれてありがとう、と言う前に、実瑚はさらに強く抱き締められていた。

「ふたりで支え合いましょう。よろしくお願いします、わたしの実瑚」

「こちら、こそ……よろしく、です」

実瑚の声は発した途端に穂積の装束に吸い込まれて消えそうになる。重い装束越しにも穂積の熱を感じた。やっぱり、離れたくない。ふたりでどこかに消えてしまえないか、いけないことを考えてしまいそうになる。

甘い時間は続かなかった。

穂積を捜す人々の気配と声が近づいてきた。そもそも、桐壺に忘れ物を取って来るという簡単な理由を作って宴の会場を一時的に抜け出したのだという。

現実に引き戻された穂積は一瞬がっくりと肩を落としたが、そこは父帝の覚えめでたい親王さま。颯爽と立ち上がった。

「あなたをひとりにして申し訳ないが、行ってきます。宴を最後まで楽しんでください」

「ええ、ありがとう。十和姫や桐壺の女房たちと楽しむことにする。穂積の、桜の正装……と、とても似合っているわ」

「姫のそのひとことで、今日はどんなことがあっても乗り越えられそうです」

ぎこちなく、ふたりはほほ笑みを交わした。

★★★

渡殿(わたどの)を、姿勢よく早歩きしている穂積。女房たちがこちらを見てなにか囁(ささや)き合っている。

以前ならうるさいと感じたが、今は気にならない。

婚約者(いいなずけ)の実瑚に水晶を渡せた。お互いの気持ちも確認できた。穂積としては満足している。

だが、もうひとつ。預かっていながら渡せないものがあった。院……穂積のおじいさまからの贈り物である。

命を救ってくれたばかりか、帝との再会を取り持ってくれたことへのお礼だろう。中身は開けなくても分かっている。実瑚が憧れている砂糖だ。院が所有していたもので、国庫には納めなかった貴重な分。

穂積は、院や大臣に実瑚を見せてしまったことを激しく後悔している。

ふたりとも実瑚に興味を示しているどころか、好意を持っているようなのだ。色恋ではないはずだが、実瑚を狙ってきたり譲れと脅されたりしたら大変困る。

存在を隠していたのに、後宮でも実瑚はすっかり有名人だった。おかしな事件や甘い誘いに巻き込まれないよう、断固阻止しなければならない。

「そのときは、実瑚を全力で守る。誰にも渡さない」

——恋より甘い実瑚が欲しい。

★★★

実瑚は、穂積が去った後も細殿でへたり込んでいた。

今、嵐のようにいろいろあった。頭の中でまとめきれない。

「名前で呼んでくれた……」

ずっと、穂積は『姫』としか呼んでくれなかったのに。実瑚の心にやさしく響く声が名前を、と繰り返し想像するだけで身体(からだ)が熱くなって仕方がない。手も震えている。

笑ってくれて嬉(うれ)しかったけれど、笑顔があんなに素敵なら後宮では見せないほうがいい。うつくし過ぎて目に毒だ。きっと後宮の女性たちが大騒ぎしてしまう。

実瑚は贈られた水晶を再び取り出した。水晶は、かすかに光を宿しており、手のひらで転がすと光の強弱や色が変わる。いつまでも見ていられた。

少しだけ、穂積に近づけたのかな、と思う。

支えたい。力になりたい。

占い師として、女性として、ひとりの人として、必要とされたい。いつか、隣に並び立てるようになりたいと実瑚は誓った。

——恋もお菓子も、甘いものがもっと欲しい。

宴に華を添える管絃(かんげん)の音が聞こえてきた。早桜の宴が、そろそろはじまる。

（了）

参考文献

『密教占星術　宿曜道とインド占星術』矢野道雄　東京美術
『密教占星術大全』羽田守快　学研パブリッシング
『宿曜占法2　密教の星占い』上住節子　大蔵出版
『一番わかりやすい　はじめてのインド占星術』村上幹智雄　日本文芸社
『有職の色彩図鑑　由来からまなぶ日本の伝統色』八條忠基　淡交社
『新版かさねの色目　平安の配色美』長崎盛輝　青幻舎
『装束の日本史　平安貴族は何を着ていたのか』近藤好和　平凡社
『平安貴族の住まい　寝殿造から読み直す日本住宅史』藤田勝也　吉川弘文館
『はじめての王朝文化辞典』川村裕子　ＫＡＤＯＫＡＷＡ
『ものと人間の文化史87　橘』吉武利文　法政大学出版局
『古典がおいしい！　平安時代のスイーツ』前川佳代　宍戸香美　かもがわ出版
『古今東西スイーツ物語』吉田菊次郎　松柏社
『糖質中毒　痩せられない本当の理由』牧田善二　文藝春秋

あとがき

こんにちは、もしくは初めまして。藤宮彩貴と申します。『平安後宮占菓抄』をお手に取っていただき、ありがとうございます。

どうやってこのお話ができあがったのか、というと。

書いてみたいお話はたくさんあるのですが、次作のテーマは『占い』なんていいのでは……と、ぼんやりと考えていたところ。

「舞台は、後宮でどうでしょう。そしてもっと恋愛を」

という、編集さまのお声がけ＋恋愛といえば甘い、甘いといえばお菓子！　占い、お菓子、恋愛、の三点を軸にして本作は形になりました。

構想段階では別の時代案もありましたが、前作『焔の舞姫』に続いて私の大好きな平安時代をイメージした作品を書かせていただけました。

当初の仮タイトルは『みかん姫』……企画書を何度も書き直し、本文執筆中には創作の奥深さを改めて認識する日々でした。

本作のヒロインの実瑚（みこ）とヒーローの親王さまには一応実在したモデルがいますが、だいぶ手を加えてあります。甘いものが大好きな明るい少女と、見た目は良いのにいろいろと背負っている親王さま、ふたりの運命的な再会と試練のゆくえを見届けてください。

お話は、随所で糖分増量を心がけましたので、はっきり言って甘いです。平安時代知識はほぼ必要ありません。甘いものが好きな方が楽しめるように、努めて仕上げました。

甘いものはお好きですか？　私は洋菓子和菓子駄菓子、全部好きです。主食がお菓子だったらいいのにと思うぐらい。

とはいえ、食べるだけではアレなので、私はなるべく毎日多く歩き、エスカレーターやエレベーターを自重して階段を使い、そしてお菓子を食べる（！）。

身体（からだ）を動かすと頭も働くのか、お話の続きや新しいアイディアが突然降ってきたりします。いつも通る道と違う道を歩くと新しい発見があるので、これも刺激になります。散歩中に公園の木々を眺め、登場人物を植物でイメージしてみようと思い立ったら執筆が捗（はかど）りました。

　さて、今回はおふたりの編集さまにお世話になりました。創作迷子になりがちな私を光り射す明るいほうへ導いてくださり、また的確なアドバイスを多数ありがとうございます。とても励まされました！

　装画はAkiZero様に決まったとお知らせを受けたとき、嬉しさのあまり仰天。可憐なイラストに以前から憧れていました。ヒロインは愛らしく、ヒーローは素敵にかっこよく、私の信条にぴったりの、しかも華やかなイラストで本書を飾っていただけて感無量。いつまでも愛でていたい表紙です。

　私の創作活動をいつもあたたかく見守ってくれている家族、親戚、友人。大変長らくお待たせしました。ようやく二冊目をお届けすることができました。

　そして私。誕生月に刊行できて、とても嬉しい。

　この作品に携わってくださった方々へ、心より感謝いたします。

　最後まで本書を楽しんでいただけますように。

令和四年　十一月　藤宮彩貴

お便りはこちらまで

〒一〇二―八一七七
富士見L文庫編集部　気付
藤宮彩貴（様）宛
ＡｋｉＺｅｒｏ（様）宛

富士見Ｌ文庫

平安後宮占菓抄
恋より甘いものが欲しい占い師、求婚される

藤宮彩貴

2023年１月15日　初版発行

発行者　山下直久
発　行　株式会社 KADOKAWA
〒102-8177　東京都千代田区富士見2-13-3
電話　0570-002-301（ナビダイヤル）

印刷所　株式会社暁印刷
製本所　本間製本株式会社
装丁者　西村弘美

定価はカバーに表示してあります。　◇◇◇

本書の無断複製（コピー、スキャン、デジタル化等）並びに無断複製物の譲渡および配信は、著作権法上での例外を除き禁じられています。また、本書を代行業者等の第三者に依頼して複製する行為は、たとえ個人や家庭内での利用であっても一切認められておりません。

●お問い合わせ
https://www.kadokawa.co.jp/（「お問い合わせ」へお進みください）
※内容によっては、お答えできない場合があります。
※サポートは日本国内のみとさせていただきます。
※ Japanese text only

ISBN 978-4-04-074808-5 C0193
©Saki Fujimiya 2023　Printed in Japan

暁花薬殿物語

著／佐々木禎子　イラスト／サカノ景子

ゴールは帝と円満離縁!?
皇后候補の成り下がり“逆”シンデレラ物語!!

薬師を志しながらなぜか入内することになってしまった暁下姫。有力貴族四家の姫君が揃い、若き帝を巡る女たちの闘いの火蓋が切られた……のだが、暁下姫が宮廷内の健康法に口出ししたことが思わぬ闇をあぶり出し？

【シリーズ既刊】1～8巻

富士見L文庫

後宮茶妃伝

著／唐澤和希　イラスト／漣 ミサ

お茶好きな采夏が勘違いから妃候補として入内！
お茶への愛は後宮を救う？

茶道楽と呼ばれるほどお茶に目がない采夏は、献上茶の会場と勘違いしうっかり入内。宦官に扮した皇帝に出会う。お茶を美味しく飲む才能をもつ皇帝とともに、後宮を牛耳る輩に復讐すべく後宮の闇へ斬り込むことに!?

【シリーズ既刊】1～2巻

富士見L文庫

旺華国後宮の薬師

著／甲斐田 紫乃　イラスト／友風子

皇帝のお薬係が目指す、
『おいしい』処方とは——!?

女だてらに薬師を目指す英鈴の目標は、「苦くない、誰でも飲みやすい良薬の処方を作ること」。後宮でおいしい処方を開発していると、皇帝に気に入られて専属のお薬係に任命され、さらには妃に昇格することになり!?

【シリーズ既刊】1～6巻

富士見L文庫

せつなの嫁入り

著／黒崎 蒼　イラスト／AkiZero

座敷牢で育つ少女は、決して幸せに結ばれることのない「秘密」があった――

華族の父親に嫌われ、座敷牢で育った少女・せつな。京の都に住むあやかし警邏隊・藤十郎のもとへ嫁ぎ、徐々に二人は好き合うようになる。だがせつなには決して結ばれることのない、生まれもった運命があった。

【シリーズ既刊】1～3巻

富士見L文庫

後宮妃の管理人

著／しきみ 彰　　イラスト／Izumi

後宮を守る相棒は、美しき（女装）夫――？
商家の娘、後宮の闇に挑む！

勅旨により急遽結婚と後宮仕えが決定した大手商家の娘・優蘭。お相手は年下の右丞相で美丈夫とくれば、嫁き遅れとしては申し訳なさしかない。しかし後宮で待ち受けていた美女が一言――「あなたの夫です」って!?

【シリーズ既刊】1～7巻

富士見L文庫

青薔薇アンティークの小公女

著／道草家守　イラスト／沙月

**少女は絶望のふちで銀の貴公子に救われ、
聡明さと美しさを取り戻す。**

身寄りを亡くし全てを奪われた少女ローザ。手を差し伸べてくれたのが銀の貴公子アルヴィンだった。彼らは妖精とアンティークにまつわる謎から真実を見出して……。この出会いが孤独を抱えた二人の魂を救う福音だった。

富士見L文庫

富士見ノベル大賞 原稿募集!!

魅力的な登場人物が活躍する
エンタテインメント小説を**募集中!**
大人が**胸はずむ小説**を、
ジャンル問わずお待ちしています。

大賞 賞金 **100**万円

入選 賞金 **30**万円

佳作 賞金 **10**万円

受賞作は富士見L文庫より刊行予定です。

WEBフォームにて応募受付中

応募資格はプロ・アマ不問。
募集要項・締切など詳細は
下記特設サイトよりご確認ください。
https://lbunko.kadokawa.co.jp/award/

主催　株式会社KADOKAWA